# 情缘

武定金 著

山西出版传媒集团

山西人民出版社

武定金，男，1942 年生，山西离石人，1963 年山西太谷师范毕业，同年参加工作。历任小学教师；离石县教育局、宣传办干事；方山县委办副主任，人大办主任；吕梁地委组织部办公室副主任；吕梁行署粮食局纪检组长、副局长。2002 年退休。

# 序

　　或乡村，或城镇，或身边，或远方，好人好事层出不穷，光耀当代，感悟人生。如何发扬光大？作者选择了文学创作。书中主人公关爱的所作所为，就是其中的生动写照。

　　关爱出身山村普通农家，独生子女，自幼爱学好动，梦想靠文才起步，出人头地。可美梦不长，进入初二，因病失学，伤痛万分。然而，关爱气不馁、志更坚，决心要在农村这块广阔天地，干出一番事业。

　　初始，跟队劳动，以新的思路塑造山河田间，规划未来人生。接近群众，发现他们衣衫破烂得不到修整，遇到打针输液包扎，无法出村求医，所有这些，关爱看在眼里，急在心上，痛定思痛，产生了学缝纫、学医术的念头。说到缝纫，关爱妈就是一把缝纫好手。门里出身，自带三分。关爱边看书边比画，没过多久，就掌握了缝纫技术。可是怎学医术？正在为难之际，巧遇省巡回医疗队来了乡村，通过说和，关爱跟上他们在垣村、永宁医院学习了半年，学到不少本事。关爱有了缝纫、医术这两手，常常入院走户服务群众，不到半年，就成了村里的"红人"。

婚后，关爱跟随丈夫向民离开家乡，去了县城。从工作到退休，奋斗了三十个春秋，走过三个单位，潜心事业，干一行、爱一行，钻一行、红一行。一度，关爱家兴业旺，上门投靠的人越来越多，需求所望，关爱总是尽心竭力。这一切的一切，既是一个个有趣的故事，也演绎了一段精彩人生。

**作者**

**二〇一八年八月**

# 目录

滔滔黄河，奔流不息；巍巍吕梁，峰峦叠嶂。数百年来，枣峁人生生息息，亦苦亦乐，日复一日，年复一年，数不清繁衍了多少代，也不知道经受过多少磨难。

早先，庄户人家土里来土里去，文化浅薄，工具简陋，耕作粗放，缺吃少穿。但凡出入劳作，不是肩挑，就是手提，要不就是背背，或上山，或下沟，路不空行，苦累交加。世袭相传，人们爱地如命，假若伤损上一分半厘，比切肤还痛。如能开荒种地，不惜草木，就是多种十株八苗，也心安理得。田间地头，更见不得蒿毛杂草，只要是遇上，就会连根拔掉，即使没有庄稼的地边塄畔也一扫而光。所以，每年冬春，漫山遍野一片黄，到了夏天，除了庄稼少见绿。这种只注重粮食生产，忽视生态环境的恶习愈演愈烈，以致水土流失严重，自然灾害不断。

农闲无事，村里人聚在一起谈天论地。生在枣峁却不爱枣峁，甚至恨它无能不养人，月月苦年年穷，没有一户翻了身。记不清何时倒年馑，曾经饿死许多人。枣峁水缺地瘠不长苗，人瘦如柴皮包骨，活像一颗干红枣。有位老爷语重心长地说："气可鼓不可泄，坚信人定能胜天。道路自己选，福门双手开，老的不顶用，全靠新一代，奋斗快步走，争当领头雁。"

大家你一言他一语，忆苦没心劲，思甜有精神。侯愣早就憋不住，口袋倒南瓜，话儿往外流："死店活人开，苦尽甜就来。别的不会干，下井能挖煤，不吃苦中苦，哪来血汗钱，虽说风险大，总比饿死强。"丑小在一边开了腔："家里饿得没法待，早想出外掊挖点，抬腿不知怎么走，如有好人引，救命之恩代代传。"虎成听见有人求，一片爱心在挽留："我看咱俩都属苦，目标一致谋活路。你盼有人引，我爱人相跟，明天咱从西山到东山。""去了做什么?""揽工种庄稼。那里地多人烟少，丰衣足食年年好。不愁没做的，不用饿肚子。"我去，我去，我也去。"好好好，爱去的人手多，把咱当成宝。"圪台上坐着关金顺，呼地一下站起来，你们谋出路，我也不落后："我愿参军上前线，杀敌当英雄，咱村也光荣。"

就这样，你走我走他也走，今天走了明天走，不到两个月，全村百十人，留下不到二十口。

当兵期间，金顺探过一次家，与童养媳举行了简单婚礼，开始了美满生活。

一九四五年一月七日，关金顺复员回家。不久，媳妇秀英生下女儿关爱。满月百日天天长，不到周岁会走路。妈妈喂奶逗着玩，爸爸喜欢同她耍，不是脖颈坐高楼，就是脚上开飞机。奶奶爱宝不松手，抱着不高兴，拖上遍地跑。脸蛋像朵花，都说长得娆。更让人开心的是，两岁懂事自己玩，三岁就会把地扫，四岁家里不肯停，跟上大人下地摘豆角。

有一天，关爱同三个小孩在自家院里玩跳格格，排好顺序后，小梅突然哭着跑出大门。关爱妈听到哭声，赶紧走出窑门就问："刚才是谁在哭？"小娥立即回答："是小梅。"

"为什么？是不是小梅嫌跳格把她排在最后？要是这样，就是你们的不对。小梅比你们都小，大的应该让小的。关爱快把小梅叫回来，重新安排一下，让小梅高兴起来。"

一会儿，小梅来了。关爱说："顺序不要再排了，我和小梅调一下，让她最前，我在最后，你们两个不用变，大家说，好不好？"

她们齐声说："好。"

那年，地里庄稼长得好。秋后，家家户户院子里垛着一人高的秸秆垛。妈妈对关爱不止一次说过："这垛秸秆垛得很高，不敢往上爬，上去会掉下来，听懂没有？"

"听懂了。"

那天，关爱没上学，和几个小朋友在院子里玩飞机。这个说"我的飞得高"，那个说"我的飞得远"。呼喊声一片，竞争相当激烈。突然，秸秆垛呼啦一声，出事啦。关爱妈赶紧下了织布机，出门一看，秸秆摊下一地，关爱头发上沾着一些草叶子，站在那里落泪。

"关爱，怎么啦？"

小娥手指着秸秆垛说，关爱的飞机落在这上面，关爱上垛去取，不小心掉下来了。

妈妈一把把关爱拉住，二话没说，屁股上就是两下，"不让你上去，你偏偏不听，我也不管哩，让你爸回来收拾你！"

关爱妈走后，几个小孩齐动手，把撒在地上的秸秆都整理得齐齐整整，照原样垛起，关爱又用扫帚清扫干净，孩子们陆续走啦，关爱也出了大门。

进入三年级，关爱班里重新分了座位，关爱同男生愣愣坐了同桌。愣愣是个淘气鬼，一入座，就躺在桌子上，挤得关爱连作业也不能做。老师说过多次，过不了一阵，又照样如此，实在拿他没办法。

针对这种情况，关爱想了一个办法。用粉笔在桌子上画了一条中线，一分为二，谁超越，谁就违规。一次、两次警告，次数多了，就告诉家长处理。

不觉又要放寒假，听同学们说，关爱被评上三好学生，学校还要开会大表彰。

关爱妈问："你们说啥叫'三好学生'？"

"老师在班里说，一是学习好，年终考试，语文、算术两门都是全班第一；二是品德好，和同学没吵过嘴打过架，没迟到，没早退；三是身体好，全校体育比赛，百米跑冠军，踢毽子冠军，跳绳亚军。"

今秋完小招生不统考，全由学校来保送。关爱去了李家垣，吃住都在学校里。

快入冬了，学校让学生回家拿筐子、扁担，要去煤窑给学校担炭，说这是勤工俭学，谁也不能不去。为了减少学生的麻烦，一星期担了两回，累得学生腰酸腿困、有气无力。

一百四五十个学生，到处都是筐子、扁担，不知怎的，关爱的扁担找不见啦，老师给了关爱一条扁担，可是和原来的大不一样，又长又重，两个钩一长一短。关爱说："不是我的我不能要。"

回到家里，关爱哭着把丢扁担的事说了一遍。爸爸说："你不要哭，丢了旧的，我给你修条新的，这就是人常说的坏事变好事。"

妈妈说："你不把那条扁担拿回来？"

"我和老师说过，不是我的不能要，钩子不一样长我不要。"

"关爱，我和你商量一件事。如今，你爸回来照顾家，我觉得纺花织布太孤单，变卖起来路又窄。裁缝历来用处广，不如我到垣村贵生缝纫店学裁缝，只要学会就有钱花。"

"妈妈，现在我住校少回家，打里照外有我爸，我俩同意，你学去吧。"

"咕,咕,咕",雄鸡一声长鸣,划破了长夜的宁静,惊醒了熟睡的关爱。睁眼一看,窗纸越来越白,窑内笼罩的黑纱逐渐消失,一阵比一阵清亮。门外,沙沙沙的脚步声、三三两两的说话声、鸡鸣狗叫声,此起彼伏。

忽然,"咚、咚、咚",传来一阵清脆的敲门声。

"谁呀?"

"我是你二叔。今天队长让我和你爸去上梁里耕地。"

还在熟睡的金顺隐隐约约听见叫声,立即穿衣下炕,洗了一把脸,便要出门。前脚刚出门槛,他又折身回来,从瓷盆里取出两块玉米面饼放在桌上,回头叮嘱关爱:"你到校时记得带上。"

关爱赶紧对爸说:"这星期学校毕业班照相,要求每个学生至少带上六角钱。"金顺匆匆忙忙从柜子里拿出钱给了关爱,便出门上地去了。

完小在李家垣,一出门就能望见。不巧的是,一条沟把地面分割成南北两块,刚下坡就得上洼。

关爱起床收拾妥当,叫上玉平和改娥,早早地踏上了返校之路。她们三人,比个子、赛体质,关爱都是老大,玉平次之,改娥矮小瘦弱。

走不了多时,玉平流大汗,改娥喘粗气,关爱却气定神闲,如走平地。"停、停、停,咱们大家都累了。休息休息再走。"改娥边喘边说，一屁股坐在地上不走了。

屁股还没坐稳，关爱又开腔了，问玉平和改娥此次到校带什么干粮。

"圆的""方的""甜的"，三人争先恐后地说起来。

"不行，太简单，要求编成顺口溜加以说明。"

"玉菱面烙成圆饼饼，"

"发糕块切成方丁丁。"

"枣炒面到口甜津津，"

"还缺一句，再加上咸菜行不行？"

说到这里，玉平和改娥不约而同地叫喊起来："添得好，说得妙！"

三人说说笑笑、打打闹闹，又走了半个多时辰，才到了李家垣。

报考志愿发下来了。两个毕业班的学生，三个一群，五个一伙，嚷成一片。

关爱说："我的志愿早就定了，本公社的中学一嫌管理不好，二嫌教学质量差，看不下。我要报考永宁中学。"

玉平抢着说："谁能比上你。爸爸能种地会经商，妈妈会织布会缝纫，咱村谁家能比你家！我考上社办中学也就心满意足了。"

改娥实话实说："不行就是不行，想办法补上一年再说。"

清晨，喜鹊门前登枝，喳喳喳叫个不停。关爱满怀喜悦，兴冲冲地走出大门，看有什么贵人到来。但见火红的太阳爬上山顶，耀眼的阳光，染红山峦，洒向大地。村里男女社员成群结队拥向田间地头。

看得正入迷，邮递员叔叔从自行车上下来，开口就问："你是关爱吗?"

"是。"

"这是你的入学通知书。祝贺你。"

关爱赶紧回答："谢谢叔叔。"

叔叔走到自行车前，又回头说了一声"再见"，摆手骑车远去。

关爱迫不及待地看完通知书，一边往回跑一边高兴地喊："我考上了! 我考上了!"

妈妈开门接应："看把你高兴得，考上就好，关爱有福。"

关爱考上名牌中学的喜讯不胫而走，很快传遍了全村。

当晚，大哥大嫂都来了。大哥说："白天都没空，晚上坐一会儿，关爱考上好学校，既是叔婶的福气，又是哥嫂的荣耀。"

不一会儿，隔壁李奶奶也来凑热闹："关爱有作为，像娘老子，能吃苦有主意，别看年纪小，做什么也能行。"

第二天，金顺去梁上锄谷，地头休息时，人们七嘴八舌地问："老关，关爱成了咱村头名状元，你是怎么管教的?"

"你们还不了解我? 双手画不成八字，怎教? 常不在小孩身边，怎管?"

"说的也是。如何管理都没底，关键要生下好子弟。"

"红花虽好，有绿叶扶持，关爱再好，也离不开众人养育。"

玉平、改娥上门贺喜，说："咱村今年报考初中的不下三十人，考上永宁中学的只有关爱。头名状元我们羡慕，令人高兴。"

离开学剩下半个月了，入学需要什么，得提前准备。关爱妈提议，今晚趁人有空，好好商量一下。

"这次入学有两个不同：一是山区到平川，二是完小到初中。平川人对山里人肯品滋剥味：山里人贫困，说你寒气；穿戴蠢笨，说你土气；胆小怕事，还笑你傻气，咱们要想法回避。"

"最近，抽空多跑几次集市，多做几笔生意，多赚点钱，好让关爱多带点钱，花钱大方点，不要寒酸。"

"在校得大方一点，敢作敢为，尽量买着穿，不能露出土气，多和同学交朋友，学习上狠下功夫，学得好一点，不能让人小看。"

次日，关爱妈一早就上了缝纫店，师傅和玲玲都在。当时，还没顾客，活计不多，她开口便说："关爱快入学了，我想买点布做两件衣服，不知道穿啥好？"

"现在流行清淡，淡灰裤子，配上漂白衫就好。"

"面料不要太好、太华丽，如同便服，整洁大方，去了永宁镇，把孩子带上，到供销社选买几件。一来路上轻便，二来把钱花在刀刃上，这不是两全其美吗？"

缝纫店离供销社没有几步，一会儿关爱妈就买了两块回来，一进门，把面料递到师傅面前，说了尺寸，定了样式，随即开始裁剪。

阳历九月七日，永宁中学开课，新生提前两天到校。那天天还没亮，金顺一家三口就起来忙活开了。需要带的铺盖、行李、衣物摆了一炕。

"关爱先收拾，妈做饭。"

"这么早就吃饭，做那么复杂用得着吗?"

"你不懂，吃糕意味着步步高升，吃面条能够长命百岁。"

太阳还没出山，一家三口就吃完上路了。关爱下穿天蓝裤，上着粉红衫，脚蹬白底黑带鞋，两条辫子黑油油，一双彩蝶来回舞，背着书包前面走。爸爸担着铺盖、行李。妈妈前后背俩包。

走时，二哥二嫂过来送行。哥哥说："这次升学到平川，离家又远，人生地不熟的，家里不要你操心，在校要尊敬老师、亲近同学，好好学习，家里人会去看你的。"

嫂嫂硬把两块钱塞在关爱衣兜里，说："几十里路，渴了饿了，买的吃上一点。"

拐过弯，伯伯、叔叔、姐姐、妹妹们，都在打招呼，考上好学校，我们实在羡慕。

改娥说："大姐，新到学校，远离家乡，要注意身体。打熬上一段就习惯了。"

出了村，好像一直向东，走一阵，路过一村。先是垣村，接着是山焉、岳家庄、新社科。太阳一杆高了，他们才走到马头山腰。金顺说："咱们再不上山了，歇一会儿就下这道峁。"

马头山一山连一山，一直顶住蓝天。坡道两旁草茂林丰，往东看，越走越低，沟面越来越宽，老鹰高空盘旋，鸟儿树上鸣叫。下坡容易，一阵走到梨树塌。沟里清水长流，人要跨过就得脚踏石头。丁零，丁零，前面有辆驴拉大粪车，沿路散发着阵阵臭气。

出了沟岔，上了一条公路，有个年轻的小伙子骑着自行车，后面带着个小孩从身边经过，很快就看不见了。肩背担挑的行人，时有时无。快到永宁镇了，后面传来"嘀嘀嘀"的喇叭声，回头一看是辆拉货汽车，一股风尘，飞驰而过。

又走了一程，一个小楼的圆洞大门映入眼帘，"永宁中学"四个大字挂在门上，两排大树站立两侧，一对红灯笼将校园点缀得格外喜庆。这个时辰，已经有许多学生和家长进进出出。

关爱先去报到，初一，三十六班，西院二楼，二十八号女生宿舍。内有一条长铺，共住八个女生，阳光充足，空气流通。放好行李，收拾妥当，关爱与宿舍的同学们一起来到教室。班主任是个中年妇女，姓王，叫玉珍。

王老师说："一会儿你们去学校事务，领上饭票，下午五点就餐。其余时间自由支配，可以熟悉一下校园及周边环境。"

街道直东直西，两面商铺相挨，字号五花八门，男女老幼，有买有卖，熙熙攘攘，昌盛热闹。正街有座木楼，高约四五丈，几搂粗的四根圆形木柱将楼高高托起，画栋雕梁，风铃叮当。

进入百货商店，三面柜台连接，五颜六色的布料任你挑选，各种款式的衣物悬挂选购，排排货架，品牌繁多，眼花缭乱。关爱母女俩这边瞧瞧、那边看看，挑来选去，老半天才买下鞋袜、裤、肥皂、牙刷、稿纸等，置办齐全，又返回学校。

颠簸了一天，筋疲力尽。安排好关爱，爸妈辞别女儿，出了校门，在街上找了一家旅店休息。次日一早返回村里。

一年庄稼二年办。一队社员曾商量过几次，决定再添犍牛一头、调牛一头。众人举荐队长毛财旺带领饲养员关金顺、会计玉柱前往永宁集上办理。

啥时去合适？金顺认为，近两年连续丰收，集市交易的牲口不少。以往去过，早了不摸底，迟了失良机，中间去比较主动。

十月初七，鸡叫第三遍，他们就动身，轻车熟路，说说笑笑，赶半前晌就去了。牲口市场摸索了半天，问询了一顿，看在眼里的牛倒是有几头，就是要价太高。队长说："不要心急，咱先吃饭，看看过段时间情况如何。"

金顺连饭也没顾上吃，就去中学看关爱了。当时，学校已经开饭，关爱正吃中间，看见爸爸进了学校中院，便一手端着菜碗，一手捏着馍馍，走了出去。小丹、拖弟、英英、玉莲等同室学生六七个，见关爱的爸爸来了，陆续走过来接应。同学们建议，和事务长说一下，多买上一份饭，让关爱爸一块吃。关爱赶紧放下碗筷，又打了一份过来，大伙围坐一桌，边吃边聊。

有的说："关爱是班里的劳动模范。"

也有的告诉："前段学校开运动会，女子 1000 米长跑，关爱得了全年级第一。"

金顺听了，喜得合不上嘴，连声说："山外有山，天外有天，人各有长处，要相互学习，取长补短，一起成长，共同进步。"大家听了，从心里佩服关爱的爸爸，一个普通农民，有这么高的见识，真了不起!

吃完饭，金顺便把带的干粮交给关爱，又给了几块钱，说："该花就花，不要太仔细。街上还有事，我就走了。"

不少同学随同关爱一起把金顺送出大门，请大叔慢走，一直目送他消失在人群之中。

金顺快步进入市场，财旺、玉柱正和卖主攀谈，没费多大工夫，双方就成交了。看着两头黄牛顺眼，三人心中十分满意。

来年阳春三月，队里听说永宁镇卖双交种玉米、大寨谷子和四号、五号高粱优种，就选派懂种子的苗青、会经营善生意的金顺采购。

苗青、金顺商量，要购百十来斤优种，单靠硬背太吃力，于是各人都带上扁担、口袋、绳索。三十多岁的后生，水足饭饱，空手轻脚，行走如飞，不到中午，就又到了永宁。

金顺说："苗青你先在街上游串打听，趁学校午休，我去中学看看关爱。"

走进学校宿舍，同学们招呼金顺坐下。只见关爱坐在铺上，不大高兴，眼含泪水，哭着说："爸爸，我的脚疼得连地也下不了。"

金顺凑近一看，脚面红肿，有个乌点，心里一惊，便对关爱说：

"你再坚持一天，让同学们问得买一点药先吃上，我赶快回去，让你妈速来。"离开学校，金顺找到苗青，买好种子后，二人匆匆忙忙赶回了家。

金顺把女儿的情况简单一说，夫妻二人连夜动身，天亮就赶到了学校。妈对关爱说："咱们赶快收拾行李，一会儿雇个马车回家。"

"妈妈，就在这里医院看罢，就近方便，几天好了不省事吗？"

妈妈说："你不觉得怪吗？脚既没捣了，又没崴着，几天工夫就成了这样。我看是虚病，不是实病。回去，我有办法治疗。"

一进家门，刚安顿好，关爱妈就洗手，然后双膝磕在天地爷前，点香烧表，叩头合掌祈告神灵消灾免难，祛邪除病。又吃了两块干馍片，喝了几口水，火速到小峁请神灵保佑。神婆击鼓跳神，炮制法水，斩妖除病。

两天过去了，不见病情好转，秀英又去神堂沟请法师，张弓舞剑，驱魔斩妖，折腾了好几天，不仅不见效，反而更厉害了。

看看病情，秀英吃了怕，害怕误大事，觉得实病还得依实看，无奈，又跑到垣村医院请医生。

孙医生一见就说："你不是求神神、拜法师，来这里干什么？"

秀英连哭带说："上当了，受骗了，误事了，全是我的错，请孙医生原谅，请孙医生帮帮忙。"

看到秀英哭哭啼啼、连说不是，孙医生挂上保健箱便走，一路无话。到了家里，对关爱的患处做了清理、消毒，又打了一针封闭，之后按时上门换药，不到一个月，关爱的病就痊愈了。

一家人高高兴兴送关爱回了学校。谁知才刚刚过了一个多月，关爱突然捎话说她掉头发了。秀英一听，立马哭成个泪人："这是造下什么孽了，还能连一带二地处置。"她边哭边起身，要去学校。

在铺里的郭大婶一把拉住她说："关爱娘真的急糊涂啦，现在太阳快落山了，几十里地，一个女人家上路，家人能放心吗？要去也在明天。掉头发是气血不足，让中医开上几服药，吃了就没事了。头发掉了还会长出来。疾病是灾难，光着急不顶事，最好的办法就是沉着应对、祛病得福。"秀英听了总算冷静下来。

天黑回到家里，又和金顺说了，金顺说："掉头发，不痛不痒，不知不觉，患此类病的人很多，既有办法治，又不留后遗症。明天见了孩子，一定要心平气和，带她去医院看医生。"

第二天秀英去了学校，等了一会儿就下课了。关爱向王老师请了假。

医院就在木楼旁边，一会儿就到了。那医生号了脉，说："血虚招风所致，吃上三服中药就好了。"

还有个女大夫，头上看了一下，说是斑秃，初起，不要紧。开了一小瓶药水，告知早晚在患处涂抹，又开了一小盒药片，口服一日三次。先控制，后恢复。

"如果药吃完了，要不要再吃？"

"再没有发展就不用了。"

此情此景，秀英嘴里不说，心里疑惑，便对关爱说："咱先回家，一边吃药，一边养练，好了，就再来学校读书。"

"人家大夫说初发现，不要紧。"

"好乖乖，铜钱大的一块没头发，一时长不起来，又不好遮盖，要是人们看见，要说不是了。"关爱只好依着她妈，到学校办了请假手续。

母女俩很快收拾好行李，和王老师告别，赶天黑就返回家里。

一连半月，关爱闭门不出，天天观察，头发没有什么变化，但还是生怕别人知道。妈妈气愤地说："宁愿你成了文盲，也不能没有头发。咱村文盲就不少，人家该做什么就做什么，生活过得也挺好。人常说，三百六十行，行行出状元。劝你打消上学念头，在家学点裁缝或者卫生保健，只要不违纪不犯法，自由自在多潇洒。"

就这样，关爱继续上学的美梦成了泡影，她暗暗立志要在农村这块广阔天地大展宏图，有所作为。

初春时节，关爱漫步在村道塄畔，远望山野沟壑，近看村容院貌，舒展四肢，呼吸新鲜空气。村里伯伯、叔叔、哥们兄弟，肩挑粪担，不停地爬山下沟，往田间地头运送，累得汗流浃背，干得多么有劲。

下午，这些人转战牛棚、羊圈，出粪垫土，不怕脏、不怕累，为的是多积几担肥、多打几斗粮。无怪乎，人们常说，庄稼一枝花，全凭粪当家，就是这个道理。

清明前，全村总动员，关爱不甘落后，跟随社员们到柳沟、上马头，植树造林，大搞绿化，改变生态环境。

入种以来，关爱跟上社员，去簸箕洼跟犁点过豆子；到芦塌点种山药；还到中耳洼锄过高粱，下山峁锄过玉米，付出了腰酸背痛的艰辛，闻到了泥土的清香，懂得了黄土如金的道理。

农闲期间，关爱并不清闲，在家里专心致志地学习裁缝。先看图文并茂的专业书本，边学边思考，边动手比画，掌握标准量法，裁剪与成衣的长宽比例，地面练习，废纸上裁剪，破布缝合。就这样不厌其烦地演练，慢慢地打开缝纫之门。

进入秋季，各种农作物陆续成熟，大展风采。健壮的高粱歪着脑袋笑红脸；金黄的谷穗低头不语在涌动；玉茭身怀双胞胎，昂首挺胸惹人爱；破土而出的山药蛋，最小的也胜过小孩拳头。果实累累数不尽，又是一个丰收年。

关爱越收越高兴，深有感触地说："这就是'春种一粒粟，秋收万颗子'的见证，这就是团结奋斗的丰硕回报。"

秋收刚刚结束，闸沟打坝的战斗又打响了。全村男女荷枪实弹，冒严冬，顶风雪，向大山沟挺进。

工地上，红旗招展，官兵一片。蒋政委语重心长地告诉大家，战斗既然打响，就要齐心协力，攻坚克难，务必取胜，为民造福。

关团长宣布，放炮组关怀带头，选点打眼装药要规范，点炮在开工前后，严密警戒，确保安全；设计组由薛飞把关，主要任务是选土场、划路线，考察清基上土；铁姑娘队关爱指挥，兵分两路，土场装车，坝上卸土；平整组由张凯负责，清理杂物，摊土平整；夯实组由石柱掌舵，严格操作，不得有误。大家各就各位，分头行动。

一声令下，车来人往，夯声响亮：

舍身往高抬哟，哎哟，哎哟。

压坝又筑堰哟，哎哟，哎哟。

吃苦不怕难哟，哎哟，哎哟。

人定能胜天哟，哎哟，哎哟。

摘掉贫困帽哟，哎哟，哎哟。

幸福在眼前哟，哎哟，哎哟。

打坝开工好几天了，尽管安排得井井有条，劳力也日益增多。但是，关爱觉得存在两个不足：一是气氛不浓，二是劲头不大。主要是宣传跟不上，没有安全生产和战天斗地方面的标语、口号。其实刷写很简单，用小石子摆字就行；缺乏激励机制，如设光荣台，表彰奖励先进，奖品可以是工分，也可以是粮食；再是没有量化标准要求，如平车组，对驾车者编号发签，土场发，坝上收，一天总结公布一次。这些想法建议需和领导说，但没有机会。

有一天，下午收工，支书、主任相跟往回走，关爱认为这是个好机会，便快步跟上，叫了一声伯伯、叔叔，说："有个小小建议，不知该说不该说？"

"机灵鬼，你说，我俩听。"

支书感到关爱的建议很好，答复说就近团部开会，要专门研究打坝问题，看还有什么高招。

战斗中，人们看到关爱活泼、灵敏，指挥得力，敢于负责，支部、村委决定让关爱同志当村妇女主任，并对关爱等二十二名先进个人予以表彰奖励。

寒冬腊月，大坝已竣工。团支部、妇联会倡导开展文艺活动，着重从两方面入手：一是演唱、歌剧、二人台，春元、灵英编导；二是歌舞、独唱、舞蹈、联唱，关爱负责选拔人才，组织实施。要求年底结束，第二年正月十五演出。

一年多来，关爱在田间地头同社员一起劳动，走村串户，问寒问暖，了解到不少情况：许多爷爷、奶奶、伯伯、叔叔、大娘、大婶衣物陈旧、破烂，得不到清理；疾病得不到及时发现治疗；不清楚党和国家的方针政策；社员的才艺得不到发挥；歪风邪气多，农村不活跃。

针对这些情况，关爱多次向支部、村委反映并提出建议，经过再三努力，村委终于答应在村里建立便民服务园。

关爱先把村里的各种人才组织起来，根据特长爱好分了三个组：宣传文艺组、医疗卫生组、缝纫刺绣组。推选了领导，固定了专人，订立了章程。因势利导，很快展开了工作，社员群众享受到好处，双手拥护。

便民服务园附设在村委，占用三孔窑洞、一个大会议室，宣传栏、读报栏定期更换，文艺活动每周一次；老中医随叫随到；缝纫刺绣有求必应。关爱护里照外，生活如火如荼。

一天，秀英回到家里对关爱说："省医疗队来了垣村医院，协助预防治疗疾病。我托人给你说好了，让你跟上学习培训。"

关爱正发愁没有医护人员，真是天赐良机，赶紧满口答应。

第二天吃过早饭，和村里支书、主任请了假，就同妈妈上了垣村医院。

医疗队包括队长在内的四位大夫，分科接待诊治。从早到晚忙不停，顾不上喝水，顾不上休息，顾不上吃饭，患者十分感动。

"郝队长，你太累啦！"

"累了四肢，甜在心里。"

"申大夫，你辛苦了！"

"苦于疾病，乐在诊治。"

"成医生，请你多住几天！"

"只要需要，我就不走了。"

"王大夫，谢谢你！"

"这是应该的，要谢就谢党和政府。"

关爱跟班实践，不觉一月有余，护理才能长进不小。郝队长认为，再坚持一段进步会更大，他把自己的想法告诉了关爱。关爱也觉得这段时间收获虽大，可拿护士标准要求，还有不小差距，她愿意跟队回医院，继续学习深造。

一晃就是半年，关爱刻苦学习、精益求精，护理工作干得得心应手，但她一心想着要救死扶伤、造福乡邻，便谢别了医院的领导、同事，高高兴兴地踏上了回家的路。

听说关爱回来了，学得一身武艺，有个大婶跑来问小孩感冒了该吃什么药。

"那要看病情，对症下药。"

五保户冯凯，八十八岁的人啦，密密麻麻起了一身小包，溃烂不止，臭气刺鼻，一看就让人作呕。关爱按照医嘱，每天上门给注射葡萄糖酸钙。打这种针要格外小心，滴在皮肤上，滴在哪里腐烂到哪里。前后一个月，竟彻底痊愈。

老冯热泪盈眶，高兴得逢人便夸关爱技术好！

李大娘体弱多病，不思饮食，医生开下一大堆液体，又不想去医院，请求给输一下，关爱毫不犹豫地答应了。

忙忙碌碌，时光飞逝。

# 二

秀英缝纫铺隔壁住着任爱莲一家。爱莲她妈和秀英是老相识，一九五八年大炼钢铁，垣村战区立灶，选拔炊事人员时把她俩选上来。彼此同吃同住同劳动，最少也有半年之久，所以每次遇到一块，二人都情如亲姐妹，话似长河水。爱莲的男人张文生，玉泉县人，医专毕业后，分配荣宁县，现在是卫生局的干事。有两个小孩，大的叫圆圆，四岁，二的叫亭亭，两岁。两家走一个门道，大人小孩常见面。尤其是关爱，见了两个孩子，不是抱着玩，就是拖着走，要么给块糖，孩子一见她就"姑姑""姑姑"叫个不停。姑侄之间，你来我往，难离难分。

张文生在童岭公社下乡蹲点，常住垣村。

协助公社开展以"家家讲卫生，户户建粪池"为内容的爱国卫生运动。期间，他经常深入各村各队检查指导。在选拔培训赤脚医生时，张文生无意中了解到关爱曾跟省巡回医疗队先后在垣村、永宁医院学习培训了半年，如今在包扎、打针、输液、护理患者方面，样样都行。文生不由得从心底喜欢这位小姑娘，见了面也常常会指导一下她的工作。

一天，太阳就要落山，文生下乡回来，爱莲赶紧做饭。关爱妈看见文生劳累的样子就问："今在哪里来？"

"在你村看了两个病人，见你家关爱正给病人打针。关爱啊，真是你的好闺女，能打针、会输液、懂护理，随叫随到，有求必应。"

"人夸我也夸，就是寻不下个好人家，托你的福找一个，恩情永不忘。"

"关爱刚二十，还年轻，不要急，不要躁，貌女，郎才也难找。我为关爱操些心，好人向来有好报。"

关爱曾在她妈面前不只说过一次，"人家爱莲命好，普通农家，找得一个城里工作的好女婿，有头有面，生活美满又潇洒"。

卫生局、教育局在一个院子，一家在南，一家在北，住的都是砖窑洞，那时一般干部职工大部分不带家。一孔窑洞前半块办公，后半块住宿，集体食堂吃饭，倒也方便舒适。

这天晚饭后，文生和教育局向民一起到机关广场散步，因为文生是垣村女婿，向民是榆树峁人，同在一个公社，二人都称老乡，关系密切，无话不说。散步中，看见靓男靓女，一对一双，不是在树荫下，便在墙角处，喜笑颜开，谈情说爱。文生灵机一动，单刀直入就问向民：

"你有没有对象？"

"没有。"

"要求什么条件？农户还是市民？有工作的还是无业也行？"

"正在十字路口，举棋未定，左右为难。找农家闺女吧，好的，水浅养不住鱼；差的，好事不成反拖后腿。不如就在城里寻。"

"你考虑得周全，说得也在理。可是你对婚姻问题想过没有。婚姻是男女双方的事，任何一方强调，只能越谈越远，要扬长避短，优劣互补，互相体量，才会喜结良缘。"

"你是过来人，我这两眼漆黑，一窍不通。"

"我手上有个独生女，叫关爱，现年二十岁，是童岭公社枣崮上人，身材苗条，长得又俊，懂医术，会缝纫，人人见了人人爱。我看是个好茬茬，要么你们见见面？"

"你当媒人我放心，一切都由你安排。"

相亲，如何应对，向民心里一片空白。

一次机关集体学完，人陆续走开，最后剩下办公室高主任、人事科李巧英，向民觉得这是个绝好机会，便说："有件事，不知怎样对待，说出来，请你们参谋参谋。"

"什么事？请说，不用说参谋，就是帮助也行。"

"最近，有人给我介绍个对象，对方要求见一见，你们说该怎么办？"

"那还不容易？你看看我，我看看你，对事，继续谈，不对，就拉倒。"

"我看不能那样草率，第一印象至关重要，衣着打扮，言行举止，都得讲究。"

"能不能再具体一点？"

"当然能！比如说着装，淡灰的确良裤，漂白布半袖衫，塑料底黑鞋，白袜子。发型要时兴，最好再戴一块表。"

正说中间，张副局长来了，听见屋里挺热闹："是不是向民动婚了？哪里人？干什么？"

"本县秦岭人，农村知青。"

"相亲好说，不能小视，也不必声张，你以农村下乡为名，双方见见面，有个印象就行。"

五月初七，文生、向民齐动身，早饭未吃，一路顺风就去了车站。

那天，开往垣村的是解放牌卡车，车厢中间拉着护绳。有几个农村社员坐车还想托运一些化肥、种子等农用物资，晚开了足有半个小时。马头山有几段公路，排水沟淤积，雨水冲得路面坑坑洼洼，很难行走。赶到垣村比平时迟到了一个钟头。

农忙季节，公社干部都深入各村，面对面地指导生产。公社灶上吃饭的没有几个，见他俩去了，炒了一个山药丝，每人吃了半斤白面。

向民去时，怕穿上新衣服路上脏了，便另外包装随身携带。洗漱完后，才把新衣穿好。两个年轻人，下坡山路，行走如飞，二十分钟就到了枣峁上。

远远望见关爱母女都在街畔。走近一看，关爱上身穿件水红抛肩半袖布衫，下身是白底蓝道裤子。妈妈穿着暗蓝裤、白半袖衫。一见他们去了，喜气洋洋，招呼请进。

关爱一家是独院，三孔砖接口土窑，坐北向南。院子宽敞，阳光充足。西边一个大花台，栽着西红柿、黄瓜、茄子，鲜嫩翠绿，陆续开始挂果。小葱、韭菜青翠茂密，香味扑鼻。海南花、卜莲莲含苞待放。东边有一口旱井，人畜吃水，浇花务菜，十分方便。南面是牛棚，大门外有棵家槐，枝繁叶茂，像一把遮阳巨伞，夏秋供人乘凉，连年守护大门。

室内一侧是一张大圆桌，茶叶、香烟、果品、瓜子、花生、核桃、红枣摆了几盘。

关爱同往常一样自如，沏茶端杯英姿飒爽。关爱爸上地去了。妈妈同他们接应拉话。

文生叫了一声婶子，问："你们穿的衣料是哪里买的？"

"都是自制的，供销社买的色线，土布机上织成布，自己裁剪缝成衣。"

"市场上不见这种布料，自己裁缝，穿在身上比买的也合身，不愧是能人。"

"你们机关干部带家的多不多?"

"不让带，也没条件带。住的大部分是窑洞，既办公又住宿，省事方便。"

"工作忙不忙?"

"这段机关没啥做的，大部分干部下乡去了。今天我们也是下乡来了，顺便来你家转转。"

"乡下不比城里舒服，吃苦、受累。"

"机关住多了，还想下乡，了解乡土人情，欣赏山区风光，呼吸新鲜空气，又能锻炼身体。你们如有机会，也到城里见见世面。"

"土生土长不离土，离开反而不自由。"

"向民是榆树峁人，你们是一个公社，两村相距不远，可以相互了解、相互熟悉，成了是夫妻，不成是朋友。"

"知道啦，你们再来。"

窑里还黑乎乎的，窗纸好像越来越亮，秀英再也睡不着了，便起来下炕走出门外。一看蓝天白云，山野沟坡绿油油，微风扑面，润泽清香，觉得这是个好日子，赶紧生火做饭，对金顺说："今天我和关爱去趟榆树峁，家里你自己照应吧。"

饭后，关爱让妈妈梳好辫子，穿上绿裤、粉红衫、白底黑帮黑带鞋。秀英理了理剪发头，下穿黑花达呢裤，上身长袖白布衫，出门上了羊肠小道。初上路走得很快，不一会儿就望见榆树峁。东西两道壕，南面一条干河沟。全村十来户人家散落在半山腰，院院都是土卜卜，不见一处是砖窑。秀英越看越着气，不由得泪水往外掉。心想，花枝招展的一枚好汝，竟问在这样一个穷山村。心情沉重，脚步渐渐放慢，以致软得立不住身、直不起腰。以前说过的两家，一家比一家好，现在怎么落到这样的地步。

"关爱，妈不想去了。"

"要知现在，何必当初。人家早就等上了。咱们不去，人家会怎么想呢？成与不成，还是去得好。"

向民一早起来，把窑内窑外清扫得干干净净。父亲向国到煤窑去了，妈妈张玉梅正在蒸糕擀面做饭。向民把吃的瓜果、喝的蜂蜜都准备好了。穿上相亲时的衣服，半路上接应来了。

两家子女喜相逢，知心话儿说不完。"不早了，咱们边吃边聊。"张玉梅含笑开了口，"人常说，穷遮不得，丑瞒不住。看我家住的这孔窑洞，一炷香门窗，窄圪筒筒窑，云岭架了三四道，太阳照上穿不上针，一没太阳就得点灯。脚底净是些瓷瓦罐，一个立柜不值几块钱。向民他爹下煤窑能赚几个钱，可是窟窿大、补丁小。生产队不是工分不给粮，如要吃粮就得掏现钱。弟妹三人上学也得花，看病吃药、添办衣物，其他所需都用钱，常是入不敷出受克制。

"向民他妈，我说你的本事并不小，供书念字，大儿已经有了工作，赚上钱，如今三个孩又有出息。困难都是暂时的，以后一定享福。"

关爱母女吃了饭要走，向民全家相送。

出了村，秀英再没倒看一眼，和关爱也无话，虎着脸独自往回走，一进家门，上炕蒙着被子睡去了。

关爱回来便问："妈怎么啦?"

"乏困，瞌睡。"

"妈妈喝点水。"

"不渴。"

关爱看见没趣，开门出去了。

秀英想来想去，怎也想不通，脑子乱哄哄的，忽然听见金顺进门，一骨碌爬起来，立即倾吐肚子里的不快。

瞭见榆树峁，流了几眼泪，去罢家里头又装了一肚子气。村村没啦拳头大，土窑又黑又小一点点，家里穷得没摆设，院里碾磨倒齐全，一对二寸厚的榆树大门最值钱。

"不要急，不要气，赵钱孙李才开头，看不下了不要再朝理。"

"关爱可能有心事。"

"你要多做些工作，让她回心转意。要不拖上一段，再拿主意。"

第二天一早，秀英又去了娘家，把事情的前后说了一遍，讨个说法，赢得支持。

大哥说："过去的婚姻是父母包办，如今成了自由恋爱。天地之差，大不一样。现在才看了一下，行不行，关爱说了算。父母只有帮凑，不能干预。至于村子小、家贫寒都是小事，不影响大局。"

弟弟接上说："关爱有主意，一个农村知青，能嫁给吃公粮、赚工资的干部，本身就是幸运，有什么不情愿？我觉得这个茬茬可以。关爱看下就行，大人不必多嘴。"

众人说，村子小不碍事，不想住了在外村问上一间，往后能带家，村子再大再好也不住了。

一晃又是几个月，中秋节前，向民、关爱在垣村供销社办了一些衣物碎小、果糖、火烧，同双方大人一起就在缝纫铺吃了一顿团圆饭，朴朴素素就把婚订了，顺便在公社登记，领了结婚证，正式成了夫妻。

前些时，下了一场大雪，铺天盖地，白茫茫一片，路上行人小心翼翼，边扫边走。原计划腊月十九结婚，雇不起响器，雇不起轿，牵头大马接新娘。只因大雪封山路，一辆自行车办喜事，这真是新婚新办树新风，喜天喜地降吉祥。

别看山野小村，风俗习惯还不倒。新娘进村，点大炮，放鞭炮，车子推着新娘过街道。大门外，新郎背新娘，进了院，新郎新娘双双拜天地、拜高堂、互相拜，而后手拉手、肩并肩，情意绵绵入洞房。还有什么喝黑糖水、给上炕钱，才许揭盖头。饭中给客人敬酒，饭后见大小，晚间闹洞房。不愁礼节多，只求开口笑。

正月里，村中的秧歌还要上门道喜，果品、香烟、茶水招待，走时还得送一条福字烟、二斤水果糖。

"向民，你啥时走?"

"明天。"

"你一走，就把我苦死了。"

"你应慢慢适应这里的生活。"

山庄黑窑煤油灯，

鸡鸣狗叫鸦雀声。

你忙他忙图生活，

想解忧愁寻何人?

"那你给我讲个故事吧，越老越奇越好。"

"这好说，人生的每段有趣经历就是一则生动故事。"

"你说说，解解闷。"

"二十世纪五十年代三年初中是我人生中最难忘的时刻。"

"胡扯，初中谁没上过，无非是入学、上课、考试、放假，有什么难忘之处?"

"没有吃过黄连，就不知道是苦是甜。"

"新建中学距咱家近百里，新入学，我和村里另一个新生的铺盖、行李伙雇了一头毛驴送去。这条路，东西两架山，中途有五十里荒无人烟的干河滩。一天从早走到黑，好比把东山的日头背西山。

"到校一看，半新半旧，南面新土墙，学生厕所在大门西，大半块还是菜园子，篮球场修在场中央。教务处办公在东边，好像民宅院连院。教室修在最北面，七高八低很零乱。学生宿舍有两排，小窑洞如同看守所犯人间。我们的宿舍更特别。"

"沾上你的都新奇，难道别的学生住在天堂里？"

"一孔窑不足十六平方米，窑掌土炕砖炕沿，每孔窑让住十个学生，人均只有九寸宽，褥子折成长条条，十支被子卷得一长卷。晚上睡觉挤不下，想翻身就得喊一二三。说特别是有个学生患尿床病，谁也不想挨他，吵得怎也分不开。我奉劝大家不要争，今晚我先开个头，以周轮流都得挨。

"有个学生不同意，主张向老师反映，对这个学生另安排。'学校的条件不允许，如若嫌弃推上去，雷锋精神去哪里？'

"这个学生叫玉保，晚上尿下生怕别人知，偷偷压在被子底。同学们怕出这种事，常检查督促让他晒出去。"

关爱问："学生灶搞得怎么样？"

"按说，学生供应的标准比市民高，一天估上一斤粮。问题是没有蔬菜来补充，顿顿家离不开稀米汤。我认为吃得远比咱家强。"

"看来灶上吃不饱，万一饿了怎么办？"

"学生到校都带三件宝：干粮、炒面和咸菜。穷人的孩子没贴补，别人不给只有饿肚子。公家的学校也很穷，提倡勤工俭学渡难关。勤工，不但创造财富，改善学生生活，还能锻炼身体。三年中，同学们很少感冒发烧。劳动还可以磨炼意志、培养情操。俭学，是让你节约钱财不浪费、刻苦学习不松劲。初二上半年，全县四所中学统一考试，新建中学考得很好，'化学第一，物理第二'。"

关爱问："你们劳动做些啥？"

"冬春，肯定往返四架山，五十多里路上去担炭。

"女学生，身体瘦弱，不用说担炭，就是让空走一回也够呛。

"担炭走以前，各班让学生自报，不能去的在校内种地务园子。

"有时学校领导带领学生钻山沟，往返又是七八十里地到林区拾干柴。进林前有十来杆铜号对着林区猛吹，一来壮胆，二来惊动山虫野兽，防止伤害学生。

"又有一年春天，把学生带到村里住下，然后上山开荒种土豆。学生们刨呀刨，有时就刨出一条蛇，盘得一堆。人们说这种蛇无毒，不伤人，你不要伤着它，它就自行走啦。

"秋天，结上土豆时，山猪肯到地里刨的吃，糟蹋土豆苗，学校雇上人拿着土枪夜间巡逻看护。

"还有一回，学校师生齐出动，走了二十多里路，爬上光秃秃的山上整地挖鱼鳞坑。走时学校灶上每个人多发了二两重的两个窝头。尽管这样，赶学生们上了山，肚里早就空啦。

"那天可把学生饿坏啦，亲身体验到饿的滋味。第一次饿了，饿的饿的不饿了；第二次饿了，就有点头晕恶心；第三次饿的来了站不住，迷迷糊糊倒在地，一会儿就不省人事。"

"学校的这些事一点都不新鲜。"关爱打着哈欠说。

"那你喜欢听什么？要不，给你讲个打鬼子的吧？"向民笑着说。

"有一年冬天，雪花纷飞，天地浑浊，满山遍野像铺上一寸厚的白绒地毯。天蒙蒙亮，听见村里人说，日本鬼子从炮楼上出发啦，不少人家扶老携幼、肩背担挑出村躲藏。

"姐姐哭着叫妈妈：'咱也走?'

"'你爸一早下煤窑，你妈的小脚走路难。你弟只有几个月，感冒高烧谁来抱，你看咱能出去吗?'

"妈妈出门瞭了好几次，路上尽脚印，村里静悄悄，回头看自家，急得没办法，心脏扑扑地跳，眼泪哗哗地流，她在地上走来走去，一筹莫展。突然，好像有人在耳边低语——你不会来个虚走实不走，摆个假象把鬼子迷惑住，逃脱这场灾难?

"灵光一闪，办法有啦。她赶紧叫姐姐准备，把门外伪装一下。

"她俩端了一盆灰渣先在难走处特别是坡坡路上撒一些。撒完回到家里，又各拿了一根棍子，两人手拉手走出家门，直到出逃的路口，同别人的脚印相接。为了伪装真实，在坡道上有意滑倒，妈妈坐在路上滑了几步，在难走处用棍子乱划，留下出逃的痕迹。

"返回大门，姐姐抽起门匝板，把大门朝外锁好，自己从匝板底面钻回院里，又把匝板掩上。

"进了家，妈妈说：'要化装。'

"'外面收拾好了，家里就用不着了。'

"'你不化装，假如鬼子进家抢东西，看见人好好的，怎么办?鬼子最怕传染病、最怕脏，家里又穷又脏又有病，鬼子看了就会走，咱就能保住这条性命。'

　　"化装开始，她俩先穿上破衣服，脸上衣服上抹上黑，再把头发抖乱，撒上灰，沾上柴草，一旦鬼子来了，装成哑巴、疯子、病人，要装得实在，不能让鬼子看出破绽。

　　"那次，她们瞎张罗了一顿，鬼子也没来，太平无事。躲出去的人都被抓了起来，枪逼着全部到了团部。后来花了不少银洋、粮食才赎出来。"向民讲着，关爱听得津津有味。

　　忽然，爱民想起了另一件事，翻身起来，凑到关爱面前说："我有个问题要问你。"

　　"你尽管说。"

　　"第一次去你家，你一没问鞋号，二没量脚大小，给我做的布鞋却穿上舒适，看起来称心，这是怎么回事？"

　　"哈哈。"关爱一听就笑得前仰后合，"这还不容易？那次为取你的鞋样，曾把你领到院子里有虚土的地方，过后小心翼翼地取下你的鞋印。"

　　"我就说嘛，上了你的当了。"

　　"这不是上当，叫中计。"

　　"还是你聪明。"

　　闲下，向民夫妇聊天，关爱问："文生和你，谁先认识谁？""是文生。那时，文生同垣村爱莲结婚多年，常去那里下乡，听人说我也是那里人，就有意接近沟通。近来为咱们的婚事当红娘，情感步步加深。""去了垣村遇上他，不要失去机会。"中午，向民邀请文生一家共庆新春佳节。席间，向民给文生大哥敬酒三杯：一杯成全新婚，二杯全家安康，三杯步步高升。

文生回敬有三贺：一贺郎才女貌，二贺早生贵子，三贺白头偕老。

两家早就相熟，杯来盏去，向民和文生更是感慨万千，说着说着，不由回想起这些年的奋斗历程。

文生说："我上学时，家里人没少耗费心血，爸爸累出一身病；妈妈节俭瘦成柴；哥哥上山砍柴集市卖，不知磨破多少鞋；妹妹采蘑菇、刨党参，手指磨破多少回。自然条件比你家的好，可你蹦跶得比我强。"

向民一笑："行业不同，各有所为，你的前景不比我差。"

文生不胜酒力，脸色微红，他向后坐了坐，靠在椅子上，问："你常说，家乡苦，赚钱没门路，种田不打粮，少吃没喝真恓惶。那三年困难时期更苦，又是怎样度过的？"

"那三年正在师范读书。"向民抿了一小口酒，陷入长长的回忆里，"记得，接到入学通知书已经开学一周了，学校接新生的专车早误啦。那时交通十分困难，干线公路一天只发一趟车，短途旅客有时坐的是拉货车。

"入学通知要求新生到校每人要带一件劳动工具，所以走时带了一把小镰头。从家到车站九十里，既没交通工具，又无行人相伴，独自一人背着行李到校。

"吃菜紧张时，学校组织学生到野外、路边、田间挖马齿苋等能吃的野菜，寻找能制代食品的玉茭秸秆。

"星期天，学校两顿饭，学生饿得不行，想上街到食堂饭店买的吃上点，可是没有粮票。

"店掌柜说：'有餐证也行。'

"这餐证要用火车票换取。同学们到车站向旅客要过车票。有时向粮食部门发餐证的窗口讨过，谎称外地人，不懂当地规矩，下车把火车票扔啦。遇上好说话的工作人员给上每人一张，难说的只给了集体一张。

"那时，老师们的生活也差，顾了孩子，饿起自己。一到晚上，有不少老师打着手电在烂菜堆里捡菜。

"家里生活远不如学校。农村集体食堂，能吃上米汤、窝窝就不错了。每人一份，饥不饥饱不饱。

"大年下，白面水饺、软米油糕不见面，吃得玉茭、米面馍馍，土豆、萝卜菜汤。

"正月里，过生日，吃的是枣糕、高粱面条汤。走亲戚带不起面食，只有红枣、柿饼子。

"正月十六开学，到了火车站，碰见庆元县的一个同班同学，提包里带着二三斤红枣，在候车室正要吃时，被身边的一个后生看见了，说自己一天也没吃饭，要求行行好买上一点。

"同学说：'一没价，二没称，怎卖?'

"后生说：'你点个卖吧，一颗五分钱行不行？'

"别的同学打劝：'你少吃一点，让人家填填肚子。'"

文生问："当时县城市场怎么样？"

"街上行人不少，店铺货架上摆的商品寥寥无几，有些也是滞销品，面食奇缺，价格飞涨。原来两毛钱的饼子，当时卖到一块几，还是有买的没卖的。

"大街小巷门店，尽排队的。有个中年人排队没问卖啥，轮到自己，售货员拿出一袋，竟是杀虫药剂。"

向民眉飞色舞地讲着，时不时引得满桌人哈哈大笑，那段艰难困苦的岁月，在其乐融融的餐桌上变得格外生动。

过了正月十五，向民上班要走，关爱从身上掏出四十块钱给了向民，让他添上买一架缝纫机。

那时车子、手表、缝纫机，号称"三大件"，属于奇缺商品，拿上钱也买不到。凭上十二个购物券，才能买到一台。后来有人透露，要想买，得找关系走"后门"。

找谁呢？想来想去，向民想到计委冯玉生。和他一说，不到一月，果然买得一台上海牌缝纫机。正遇上县里开三干会，乘送人的卡车捎到垣村。

机子刚搬回家，关爱就叫向民快把机子套起。不一会儿，一架崭新的缝纫机就成了。

关爱擦拭调试后，高兴地说："踏板轻巧噪音小，外观漂亮性能好，真是一架好机子。"

众人说："还不是你有福气。"

"不管怎么说，扶持咱的贵人常记着。"

金九银十，是向民家喜盈门的岁月。本来关爱分娩在婆家就好，但考虑到村子偏僻，附近又没医院，觉得不太安全，最终选择了垣村。

十二日上午，向民回到垣村，就陪着关爱上医院检查，大夫说一切正常，估计还得两三天。

十五早晨七点，小宝宝生下了。

一看是个闺女，呱呱呱地直哭。按乡俗，向民第三天上门通达了丈母，返回又把妈妈接到家。忙乎了几天，就上班去了。

临近过年，向民在县城买下胡麻油五斤、散白酒五斤、羊肉五斤、猪肉五斤，先到了枣峁上。当天，关爱用小棉被、宽布条包挠上不满周岁的闺女小花，辞别了父母，与爱人向民一起回婆家过年。

这年与往年不同，花花成了全家欢乐的亮点。爷爷奶奶抱孙孙，叔叔姑姑抱侄女。花花放在土炕上，高兴时两眼盯住看，手舞足蹈，小口笑；不顺气，乌云密布翻了脸，哭声不止人不理。

亲朋好友上门瞧，都说小花长得好！

花花一岁半，比以前机灵多了。一天早上，睡觉醒来，两眼满窑里看，一边看一边叫："我要姥姥。"

"缝纫店，没回来。你快起来吃饭，吃饱了，妈妈带你去找。"

"花花要见姥姥了。"

"来，妈妈给你打扮一下。先洗白脸脸，再洗小手手。梳起两个小羊角，扎上两个红蝴蝶。穿上花衣服，脚蹬小红鞋。快来照镜子，看看好不好。"

花花只是笑，急着往外跑。

"慢点，还没和姥爷拜拜！"

姥爷看见花花活蹦乱跳，近前拦住说："让姥爷抱抱。"

"不，我不要姥爷，我要姥姥。"

"真机灵，真调皮！"

关爱一把抱起花花："和姥爷拜拜了再走。"

花花小手上下摆了两下，身子向前，催妈妈快走。

出了村，走了不一会儿，见路又宽又平，关爱对花花说："妈妈抱不动了，快下来让妈妈歇歇。你看路边有绿草、有红花。你要不要？妈妈给你摘两朵。"花花高兴地走到铲铲花前，一只小手给摘了一朵。

正在这时，邮递员叔叔来了，远远就叫关爱，近前一看，见关爱抱个小孩，就问："这是你的小孩？"

"嗯。"

"变化真快啊，才记得你还是个小学生，如今就当上了孩子妈。今天又给你道喜来了。"他从邮包里取出一封信给了关爱："是向民的来信，请收好。"

关爱等不得回家，把信拆开就看：

    爱，你好！

    花花肯定长高了，长俊了。还是那样调皮不听话？

    在娘家也不轻闲，妇女主任、赤脚医生都得尽职尽责。免不了要多跑腿、多说话、多办事，家里清扫、看书学习、洗衣做饭，也得去做。尤其是调皮花花，一刻也不能离身。

    机关工作最近较忙，考题领取、高考安排，中考试卷要亲自翻印分发。

    翻印试卷之时，隔离办公，专人照管、送饭，倒锁大门，确保安全。工作人员各负其责，绝对保密，不准差错，一包到底。

    最近，省委号召有志青年干部自愿支援山区、老区、边区，我积极报名，到山川县，县委已经批准，不久就动身到位。

    山川县有许多优惠政策，如夫妇分居两地的全部接收，单方工作的安置家属工作，落实子女户口。等到了山川县，安顿好再说。

民

5 月 2 日

关爱看了信按捺不住地高兴，一下把花花抱起来就往缝纫铺走。

姥姥瞭见花花来了，赶快出门相迎。花花看见姥姥，就从妈妈怀里挣脱下了地，两手举起要姥姥。

"你们饿了，我去做饭。"

"走时吃了，只给花花做上一点。"

"向民来信啦！"

"怎说？"

"想花花呗。"

"抽时间回来看看不就行了，写什么信！"

"向民还说，前段他响应省委号召，想支援贫困地区山川县。他已经写了申请。"

"荣宁县怎么错待了他？苦还没有吃够？是不是得了神经病。告诉他，就说你不同意，要去让他去，和他一刀两断。"

"领导已经批准了，说也白说！"

"山川县对去了的干部还给优惠待遇。家属没工作的，给予解决，子女是农户的负责落户。"

"不嫌苦、不嫌远了你去，咱母女俩谁也不要管谁，我等于没这个女儿。"

"现在才是一句话，成不成到时再说。"

向民是国家干部、热血青年，思想追求上进，一点没错。关爱左思右想不能听妈妈的话，提笔给向民写信，支持他，鼓励他，让他先顾大家，再顾小家。

　　　民：你好。

　　作为中华儿女、热血青年，应该志在四方，既要高瞻远瞩，又要脚踏实地。你积极响应省委号召，立志报效山区、老区，你做得对，从心底支持你。

　　家里的一切，花花的成长，我来承担，请你放心。

爱

5 月 7 日

　　不久，县里召开干部职工大会，举行了隆重的欢送仪式，向民等八名同志披彩带、戴红花、立誓言：中华儿女志在四方，哪里需要到哪里去。炎黄子孙，和祖国同生，与风雨同行，听党的话，与时俱进，不辜负领导重托，不辜负群众期望。攻坚克难，誓夺新的辉煌。

　　县委书记做了重要讲话，援助山老区建设是省委、省政府的一项重大举措，向民等八名干部率先垂范、乐于吃苦、敢为人先、无私奉献的革命精神，是值得大家学习的。望向民等同志继续奋进，为山老区建设增光添彩，为祖国建设添砖加瓦，贡献自己的才干和力量！

　　下午召开见面会，山川县领导介绍了本县人文地理，新同志畅谈特长爱好、家庭情况、建议要求。整个会场自始至终情感真挚、气氛热烈。最后组织部陈部长宣布了新同志的去向，基本上是对口安置。向民留在县委办公室。

援助山川县的消息，不胫而走。向民的不少同学专程前来祝贺。寒暄之余，都表示应该设法尽快解决其家属的落户、安居问题。

能否办成，尚未得出结论。任长青同学就上门报喜。落户问题有关部门一同情二支持。近时，如果回家，就将家属子女户口开到山川县佳峪公社香乐村，能一并来更好。

向民一听，感激不尽，再三道谢！

农历六月初七上午，向民一家三口到了佳峪，任长青借来一辆平车，装上缝纫机、铺盖、行李，才半车，让小孩坐上就走，不多一会儿，就到了香乐村。

村民王福一家就在当村，独院三孔石窑，房东夫妇一听见住户来了，就走出大门迎接，指着东边的一孔：这就是给你们准备的住房。

门大开，紧靠窗台一盘八尺土炕。火台也很宽敞，能坐一口小锅一口大锅，窑掌右角立着一个大瓮，空空荡荡，正好放衣物。窗上糊着白麻纸，玻璃擦得亮晶晶，整个窑洞收拾得干干净净，阳光充足，住进去也很舒适。众人三下两下就把所带的东西搬进窑里，随即生火做饭，开始了新的生活。

王福夫妇很泼辣，待人也热情。两个小孩，女孩十岁，男孩不到八岁，把花花当成了小妹妹，不一会儿就混淘熟了。

第二天，向民全家拜访了村支书、村主任、一队周队长。

回到家里后，把来时带的三十斤全国粮票，去佳峪粮站通过任长青买得十斤小米、十斤玉米面、十斤白面。

省里驻香乐村插队干部郭大增、朱安丽夫妇，听说村里住进一户县干部家属，就上门问候，了解到关爱学得一手好裁缝，便对关爱说："如果你想做服装，我们就出去宣传揽活。"

"那太感谢了，决不辜负你们的期望。"

没几天，关爱家里人来人往。一天，一队周队长家老婆手拿一块花布和一件花衣，拖着闺女前来，让关爱照上这件衣服的样式新做一件。

"从来没有这样做过，怕做不好！"

"你大胆做吧，做不好，也不用你赔！"

答应后，量了小孩上身尺寸和布料，又让小孩穿上那件衣服看哪里不合身，需要改制。

裁剪时，关爱又反复量、反复核对，特别是要改制的部分，不能出了差错。缝合中间，局部也有反复。这件衣服确实花费了很大精力，终于完成。穿上一看，比原件更合身，小孩高兴，大人喜。

有个"五保户"韩大娘，单身一人，让院邻二小搂着棉袄、棉裤，问能不能拆洗。

拿起一看，衣领、袖口、裤裆、裤口多处破损，需要弥补。关爱笑着对大娘说:"能。"不过一时忙不来。先拆后洗再补,中间还有别的事,有空才能缝一阵,前后拖了一个来月,才算完成。

这件事又成了插队夫妇的重要新闻。

韩大娘要给钱,关爱坚决不要,过后,她只好让院邻送来不少瓜菜,逢人就说,见人就夸。

一队社员王香连,会一点缝纫,想给男人做件中山服,按尺寸,一切都画好了,可就是不敢往下裁,怕缝起不合适,拿过来让关爱看,哪里画的有问题。

关爱看了一下,提出三处不合适,一是领口开得过大,二是袖笼下得太低,三是折叠缝留得太宽。探讨完后,一一帮她作了修改。

到了天黑,吃了晚饭,小孩睡了。关爱又在院里帮助邻家揸麻。起初,坐姿、手势不规范,作了纠正。随后,揸得不长不净不熟练,不会就学,不懂就问,细心捉摸,慢慢掌握了揸麻的要领。往后,一次比一次顺手了。

一天晚上,关爱睡了,房东王福突然敲门,说大闺女丽丽感冒了,发高烧,说胡话。

关爱赶紧起来,打开药箱,取出温度计给量了一下体温,一看高烧上了三十九度,便先用酒精擦手心、脚心,同时用冷毛巾敷在额头上,仍不见效,无奈只好注射柴胡、安痛定。体温很快降下来,闺女也清醒了。

王福夫妇从未见过,半夜三更怕得要命,守着女儿落泪,急得没有一点办法。关爱一上手，不多一会儿就脱离了危险，感激之余，夫妻俩直夸关爱技术好。

这件事，插队夫妇专门问过，又在村里宣传开了。

没几天，朱安丽上门问关爱，会不会输液，说村里有户社员，男人外出不在家，女人感冒一直好不了，医生说脱水厉害，得输液，可是男人不在，小孩又小，再没个依靠，怪可怜的，要是会，帮忙给输一下。

关爱一听，二话不说，背起药箱就去了。

事情也奇怪，刚给这户社员输上液，四队社员宝宝搬石头，不慎把手指碰破了，鲜血直流，寻找关爱给包扎一下。关爱就在院子石磨上给包扎了一下。

入秋以来，队里陆续分给社员粮食、蔬菜。场上分好说，发愁的是天黑地里分，或是河对面分。向民不在家，一岁半的小孩没人管，常常要把孩子锁在家里，哭得鼻涕、泪水一脸，屎尿都在炕上。有时分得多，关爱担上担子过不了踏石，过不了独木桥，只好等着过来人，请人帮忙，连累人家不知有多少回。

一到冬闲，社员上碾滚谷、碾面的特别多，唯一的办法就是先下手为强。关爱只好半夜三更就起来滚谷，一个人既上谷子又推碾，忙不过来，重得推不动。后来和房东合伙搞，先人后己工变工。

关爱自小父母就在外种地、做工，独立生活惯了，家务活计样样都会干，至迁入香乐村，里里外外一把手，不到半年，和房东互助互帮，同村里人处得也很熟悉。

那年冬天，山川县成立服装厂，在农村招收一部分缝纫熟练工，关爱很符合条件，首批就被招进厂里。

时间就是命令。向民请了假，不顾冰天雪地道路难行，用一辆十五马力的跃进拖拉机就把家搬到县城。

收拾安顿好，关爱就去缝纫厂办理招工手续。厂长说，暂且不来，待到明年二月初一正式上班。

腊月中旬，县文化局培训秧歌人才，水船爱好者几乎没有。关爱问明情况，条件允许，被接纳培训。历经半月的潜心学习、刻苦训练，坐水船技能大有长进。

次年正月，工业系统组织秧歌队时，点名关爱参加，承担了坐水船任务。

秧歌队下基层慰问，先厂矿，后机关，车上车下，冲前退后，来回折腾，二十来斤重的船体，压在肩上，碎步催得犹如水漂，一天下来，累得快散架了。关爱向领导提出请求，再配一名助手，既减轻负担，又能培养人才，一举两得。领导同意。

前后半个月折腾，甬说一个女子，就是铁打钢铸的，也吃不消。然而，关爱坚持下来了，真不愧女中豪杰。

这天晚饭后，关爱一边收拾一边和向民闲聊起来："向民，要是上了班，你说咱家孩子的照管问题、吃饭问题，怎么解决？"

"那还不容易？把你妈接来就行。"

"你说得就那么简单？我妈在村里有缝纫铺，能过来吗？况且因为你的援助问题，我和她吵得没了情面，恐怕不肯来。"

"要是不来，付上点报酬，让房东家给咱照看也行。"

"一上班就没空了，一旦照看上不是三月两月，年年需要。"

"要是咱妈来了，又和咱爸形成分居两地也不好。上周下乡和永宁镇康源村支书说好，如他们同意，把家连同户口一并落在那里。平川上的苦轻，出入交通方便，赶集上会也近，咱妈爱缝纫，过来也行。市场比山里大，生意比山里强，不是更好吗？"

两人商量已定，向民专程到了枣峁上，见了关爱爸妈说了意图，二位当即没有表示什么。向民只好等了一天。

"迁居之喜，先得和村支书说说？"

"不知你情愿不情愿，女婿还等回话。"

"你看你，不情愿，敢找支书吗？"

进了支书院，一开门，金顺情不自禁地说："你们都在家？"

支书抬头一看，见他二人一前一后进来，笑着问："你们夫妻双双到来，非常稀罕，肯定有大喜事！"

"还是领导的眼力，就是与众不同。昨天女婿来说，想让我们迁居永宁康源。去，还是不去，过来想请你们参谋参谋。"

支书爱人接上就说："这是女儿的孝敬、你们的福气，为啥不去？我真羡慕你们。"

"四海为家，迁居自由，想去就去，谁也拦不住。可反过来讲，你俩都是咱村的能人、红人，多年来服务乡邻，真要放你们走还确实舍不得，要想挽留吧，恐怕也不容易。”

　　秀英说：“那里离咱村不远，我们会常回来看看。”

　　支书答应，他俩就放心了，回到家里，就把情愿去的话，告诉了向民。

　　向民说：“那你们准备好，后天我就带车来接你们。”

# 三

　　二月初一，关爱一早起来，逗花花穿衣服。妈妈生火做饭。向民打扫院子。

　　吃过饭，关爱洗漱完就对花花说："妈妈要上班，赚票票，买糖吃。花花要听姥姥的话，不敢外面跑，在家照住箱子、缝纫机，不要让坏人拿走。"花花懂事地点点头，关爱哼着小曲高高兴兴去上班了。

　　林厂长看见关爱进了厂门，近前低声对关爱说："县委郝副书记来了，在我办公室，他是缝纫厂的创始人，又是分管领导。他来，是要和新进厂的工人见面。"说完，同关爱走进办公室。

　　林厂长向郝书记介绍说："这就是新进厂的关爱。"

郝书记客气地站起来，示意关爱坐下，接着说："缝纫厂是新建厂，刚起步，工人十多个，还没开展业务。厂里研究决定，让你担任会计。"

"不会，让别人当吧！"

"不会，可以学嘛。不当就不对了。会计是个重要岗位，大概厂里数罢厂长就数会计了。别人想当还轮不上！如果你一定不当，厂里也不强求，你可以马上走！"

关爱一听说"走"，马上急转弯，改口就说："如果领导硬要我当，只得从命。就是说，世上无难事，只怕有心人。不会就学，不懂能问。"

"好，有志气。林厂长给她安排一下，立即着手办公。"

关爱上街采购，先到新华书店买了一本《财务基础知识》，又去百货店买得一架算盘、一盒印油，还有稿纸、信纸、墨水、钢笔、油笔、笔记本等一大堆办公用品。

下班了，关爱快步往回走，老远就看见妈妈和花花在街畔树荫下。花花一见妈妈，就拖着姥姥往前走，嘴里不停地叫喊："我要妈妈，我要妈妈。"

看见关爱回来了，向民说："咱的房子太小，一家三代四口人挤在不到六平方米的一盘炕上，既不方便，也热得受不了。"

"嫌小，一时哪有大的？"

"今上午，县招待所郭所长到办公室办事，闲聊时听我说家属虽然来了，问得个房子太小住不下，就说他们招待所占学校的一个教室做库房，放些桌椅板凳，不嫌不好的话，收拾一下，垒上个灶台，放下一张床，既能做饭又能睡觉。"

"下午先看一下，能凑合，明天就整修。"

下午下班，关爱和向民相约来到学校。这是一所废弃学校，大门南开，林带环绕，教室窄小，光线暗淡，寒气袭人。室内桌凳横七竖八，稍加整理，就空出多半。教室西侧，隔着一个单间，与教室相连。东北角还有一个教室与之相对。另有四间平房，为人武部家属所占。看到这里围墙完整、大门严实、安全清静，可以利用，两人便动手，一会儿工夫就将东西收拾整齐，又连夜将所用东西搬过来，安顿好。

关爱上班，一有空就钻研会计业务，边学边比画，既翻条据又看账。

一天上街买缝纫机油，碰上香乐村会计高登发，便以师傅相称，把他请到办公室，边喝茶水边攀谈，问怎么审查单据、如何上账核算，再把解说的一切都记录下来，并请求高会计，凡到了县城，就来厂面对面地具体指导。

快到月底，从记账到结账，关爱初步联了个胚胚，征求林厂长的意见，希望请个懂企业会计的人，看看账做得行不行。

林厂长说："你先把原始单据收拾全、保管好，搞成包包账，至于记账么，哪里不行改哪里，整体不行重新来。"

几天后，经委邢会计看后说："账记成收支账，看不出产品成本、企业盈亏，账建得不行，需要推倒重来。"

在邢会计的指导下，又经历了一次重记、重结、重报账的详细历程，还增设了一本现金账。

正在这时，经委通知关爱参加企业会计培训。培训班里高手云集，对关爱来说正是如逢雨露，认真听讲，虚心学习，前后五天，基本学懂弄通。

结业不几天，厂里召开职工会，林厂长说，开张近一月，工夫下了不少，活计做得不多，原因是什么？如何提高工效？听听大家有啥高见。

"现有机械都是脚踏的，没有电动的，如不改造，仍然出不了新成果。"

关爱这一说，打破了开始时的沉默局面。

"机械不适应，机子吃力人受累，手里的活计出不来。"

"机器多，技工少，花费大，收益小。"

设备旧，人员少，确实是生产发展的最大障碍。对症下药，厂里决定先上四台电机，再招十名熟练工。

晨会上，林厂长说，电机刚安装，还不能立马投入使用，需要擦拭调试，掌握性能。电机上的事，由关爱同志负责。

关爱心存感激，刻苦钻研、积极实践，提出了一系列整改方案。电机喜欢厚料、粗活，厂内暂缺，她提议本厂职工如有符合条件的布料请及时拿来，免费服务、设计制作。

机头决定缝纫质量，电动提高缝纫速度，二者合一，能增加工效二至三倍。

擦拭机头零部件，往往要上油护理，就瓶加，抛洒严重。关爱改用注射针头加，既方便又省油。

44电动机头，家庭也很适用，关爱想买一台。众人一听，七嘴八舌就议论开了。

"好是好，家庭不好安装，移动也不方便。"

"要是有个机架，电动再改脚动，无非是吃力，速度慢。"

"又缝薄，又缝厚，再加一台锁边机，家庭也变成缝纫铺。"

讨论半天，也没个结果，关爱只好把这事暂时搁置。

一次偶然机会，关爱在街上碰上李师的家属，硬邀她去家里转一转。进家闲谈之中，忽然看见缝纫机架与一般不一样，便问："你们的缝纫机是哪里买的？"

"同外地商人买的。据说，这个商人要债，对方无钱，便以这台缝纫机抵了一百元，我们原价买下。"

串罢出来，关爱又去了农机厂，问翻砂师傅："有机架样品，能不能再铸一个？"

众人说："可以。"

关爱胸有成竹，终于买了一台44型电动机头。又把李师家里的机架卸下拿到农机厂铸造车间。在木匠铺照着机头割机板。前后不到一月，一台崭新的 44 缝纫机问世了。经测试除转速不及电机外，性能与之不差上下。消息传开，知情人都夸关爱敢想敢做，属于女中强人。

一天，林厂长语重心长地说："今晨是生产的空当，咱们开个诸葛亮会，就是围绕如何激活企业、怎样快速发展，各抒己见。要求海阔天空地想、推心置腹地说，提意见、谈建议、说设想，都行。不一定长篇大论，三言两语也可。"

林厂长说完，没人说话，会场一片安静。

关爱是急性子，她憋不住："看来，大家都很稳重，谁也不肯出头。身在其中，想法种种，咱们的企业属于来料加工，受制于人。也就是说，顾客要求什么，咱做什么，很被动，没创新。咱是缝纫厂，不是服装店，应该有自己的产品，从来料加工转向服装生产，当然需要具备好多条件：首先是设计，走向社会，面对现实，超前设计，搞出自己的特色；其次是品牌，有了自己的产品，像生下孩子一样，得有个名字，也就是商标，诸如日前社会上流行的红蜻蜓、白天鹅、黑豹、绿鼎等等；第三是销售，生产出来的商品，就得卖出去，可以开展销会，也可以搞模特表演，以直观、实惠、新颖促进销售。说得不一定对，大家可以批评纠正。"

孙师说："关爱说得很好，咱是厂，不能由顾客左右，应该有自己的一套，不然终究会被市场淘汰。"

任凯开言道："我是个大老粗，一没文化，二不懂服装。我只提个建议，创什么品牌或是商标？搞什么设计？单件的或成套的，人人都是内行，来个八仙过海，各显其能，集思广益，优胜劣汰。"

李师也开了腔："咱的业务是个薄弱环节，比如说，工人装、学生服、白大褂、福利衣，全私人裁缝包揽。相反，咱这个厂子沾不上边，应该建议县里领导在适当的会上打个招呼，强调几句，予以扶植，大力支持。"

还有的建议，厂里应该收些学徒作为后备力量，有些粗活、内服，可以让他们上手，腾出师傅来，集中精力上档次、创名牌。

林厂长看了一下时间，向大家说："这个会开得很成功，我要求设计和商标，每人至少拿出一个，让关爱集中起来，边整边改，尽快提高效益。"

星期三的晨会上，关爱将上次晨会的成果综合起来说了一遍。共提出四个商标："山川""中天""益美""芙蓉"。

设计上，灵巧和文艳绘制出各自的式样图纸。还有的师傅要求厂里提供布料等，各做一件或一套。

在销售方面，有两男五女自愿登台展示，还有的建议，人手不够，向社会再挑选几个。

不怕不识货，单怕货比货，式样多了，就有选择的余地，就能一展风采。

林厂长深有感触地说："看来，职工是企业的英雄，又是企业发展的动力。创新中需要什么，尽管说，厂里尽量满足。至于商标问题，还可以继续探讨，来个好中选好、优中选优。"

夏末秋初，厂里的订单渐渐多起来，夹的、棉的、厚的、大的接踵而来。工人们夜以继日，操劳赶制，机电组更是满负荷运行。出于应急，林厂长让关爱也上了机子，投入战斗。

棉衣、棉被，最麻烦的是装棉花，各种规格、厚度、数量，关爱一一做了试验，选择最佳数据，如棉花用量，大号大衣三斤，中号二斤七两，小号二斤四两，手工费分别是二块、一块八、一块半，定了后，让有条件的工人家属承揽。光这件事，一出一入，就十分棘手。

缝棉衣时，发现一斤重的一卷棉花能剥平展展的棉毡一大张。按大衣裁剪的大小，再把三张棉毡撕开，边引边垫，工效比原来至少提高一倍，且省时省费，一举两得。

因为棉衣加工量的成倍增长，撕棉的任务相当繁重。关爱想办法通过供销社与厂家联系，按规格、质量、数量、时间要求供货，签订合同，速度快了不少，成本也大幅度降低，工厂的生产效率大大提高。

到了年底，关爱刚刚结住账，县审计部门就通知厂里审计财务。两个人一本一本翻看单据，一笔一笔地核对账目，整整翻了一天半，才全部审完。在见面会上，审计人员对几本账的记账方面没有提出什么，只是在细节上提出了一些改进要求。

审计后不几天，厂里召开全体职工会，县委郝副书记、经委任主任、工业局刘局长到会。这种场面从来没有过，显得会议规格很高，特别隆重。

郝副书记在讲话中说，缝纫厂建厂近半年，做了许许多多有益于人民的好事，功不可没。然而不尽如人意的是缝纫厂没有批准国营，仍属于集体所有。首批招为国营工人的关爱、成英、苗苗，年底离厂，另行分配。其余人员都为集体所有，如不同意者，也不强留。

这消息像一枚炸弹在人群中炸开了花，大家七嘴八舌地讨论着、担忧着、抗议着，然而大势已定，工人们只好闷闷不乐地回家待业。

关爱来到山川将近两年。娘家迁居康源也一年多了，去路怎走，大门朝哪，一概不知，现在待业在家，倒是少有的清闲。这天，向民引路，关爱、花花同行，一早坐上班车，由北向南，摇摇晃晃，朝家而去。

康源一马平川，土地肥沃，五谷丰登，人民安居乐业。金顺给队里放羊，秀英闲下无事，给人们缝些衣裳。日子过得祥和安宁。关爱和向民商量趁现在不忙，正好在娘家住些日子。

一天，花花跟着外婆出门不一会儿又返回来了，说前街巧英的大女儿重感冒，买了针去保健站打，可打针的出去没回来，巧英急得没办法。

"在哪儿，我去。"关爱没等妈妈说完，就拿起保健箱出了门。打完针，正坐着，看见炕上放一只正纳的鞋垫，十分靓丽好看。关爱便问："这鞋垫很好，是谁画的？谁纳的？"问来问去，都是巧英的杰作。

巧英说："要是爱见，我给你画一对。"

"当然爱，待鞋垫备好了，请你画一下。"

没几天，一下送来了两对，巧英一对画了鱼缠莲花，又一对画的是蛾扑瓜。关爱拿回去日夜赶做，虽是新学，却做得细密扎实、颜色鲜艳。

冬去春来，一年时间转眼就过去了。关爱这一年虽是赋闲在家，却收获颇多。她又要当妈妈了！即将生产，是回梨树峁，还是到垣村，正在举棋不定，向民传话来了：前天计生委通知关爱住学习班，育龄期生二胎，一律结扎。

计生学习班在县委小会议室。开班时，书记、县长亲自到会参加。书记提出计生提倡一胎是国策，全国各地都在执行。关爱带头表态要积极拥护国家政策，决不拖县里后腿。同事们纷纷称赞她的果断，三三两两登门看望贺喜。

翠娥说："今年正月，我到街上看红火，听见有人问，经委的秧歌怎么样，男士说，不见关爱在场场。女人们讲，水船不如去年棒。"

还有的说："希望关爱分个好单位，有份好工作，来个喜上加喜。"

关爱和姐妹们正聊得热火朝天，花花跑来说："妈妈，小弟弟醒了，两眼张开，看东看西，寻找妈妈。"

"花花，你看尿下了没有?"

"妈妈，快来，裤子湿了。"

关爱手忙脚乱一顿收拾，大家哈哈大笑，羡慕她有了一个可爱的小帮手。

自从生下小弟弟星星，花花听话了，不累妈妈了，有时还帮妈妈做一些力所能及的事，一会儿是妈妈的侦察兵，不时报告小星星睡了、小星星尿了、小星星饿了；一会儿又是小星星的贴身警卫，守在身边看变化，看来看去不肯离。往后姐弟俩相亲相爱，你教我唱歌，我给你浇花；你教我汉语英文，我教你数学理化，玩耍共乐，教学相长。关爱看着一对可爱的儿女，虽是忙忙碌碌，心里却常常暗生欢喜。

先是待分配，又是请产假，在家里待得时间久了，可把关爱憋闷坏了。今天一早，她听到了企盼已久的好消息：再有两天，就去新单位——农机公司上班。

两天时间，关爱里里外外收拾整理了一番，添置了一些衣物用品，把孩子的饮食作息规律交代了妈妈，高高兴兴准备去上班。

第三天，关爱早早来到单位，先到了成经理办公室。"成经理，关爱报道来了。"

"来了就好，单位马上就开晨会，咱们都去。"

会议室座无虚席。

成经理说："先给大家介绍一下，这位女同志叫关爱，是新到咱公司的。公司研究决定，让她搞统计，和林梅一处办公。"

关爱微笑着说："在座的都是我的老师，工作中不懂的、不清楚的、不会的，向你们请教，希望大家多多支持。"

星期天，向民没上班。闲聊时，关爱说："一直以来，有些想法要和公司领导说，但又不敢，心里犹豫不定。"

"什么事？如果是合理化建议，领导求之不得。要是没有道理，也就说说而已。"

"公司建筑年久失修，墙体剥落，坑洼不平，看起来十分陈旧。想提议领导在五一以前粉刷清理一下，再办几个专栏，如'时事政策''学习心得''商品广告'等，再刷写几条标语，以崭新的面貌、优美的环境提升公司整体形象。"

"建议很好，当说无妨。"

礼拜一上午，关爱路过经理办公室，瞧见经理看报纸，便推门进去。经理示意坐下，问有什么事。

关爱说："想汇报一下这段时间的工作情况。出于熟悉工作，我和林梅一起，依据上月报表科目，逐宗逐项对农机具作了查看，认识了农具名称，核对了具体数量，为今后统计报表、编制购进计划做了一些准备工作。另外，还有一些想法，不知当讲不当讲！"

"请讲。"

关爱把自己的想法一五一十地讲了一遍，经理听了连连点头，夸奖她胆子大、思路新，并立即安排部署，掀起了清理整治高潮。仅仅用了三天时间，公司上下焕然一新，干净整洁，里里外外大变样。

搞统计，就得心中有数。这段时间关爱坐在统计室，成天起来翻阅统计资料，看销售走向，定推销策略。如哪些是适销对路产品、为何适销、销往何处；哪些是滞销产品、如何形成，是不适用还是质量有问题。多问几个为什么，对症下药，及时处理。天天和数字打交道，时间长了，竟编段顺口溜："拉丁符号十字母，加减乘除显正负。数据确认钢铸定，一是一来五是五。"

从历年报表看，金九银十，是农机部门的黄金季节。在全县农机管理员培训会上，关爱以一名学员的身份参加了学习，听到了一线消息和群众呼声，也见证了这一时机的宝贵。

从报表上看，小手扶、双铧犁、小四轮、新三轮、十五马力的拖拉机、碾谷磨面机、电机、水泵、铲车、挖机等的销售量仍然是上升趋势，但还存在一些问题：两个"跟不上"，一是修理点少且技术不过关，二是售后服务，缺乏技术指导；一个"不适应"，即与农业、水利、交通等有关部门通气少，宣传不够。培训班上，大家达成共识，就是要把用户当作上帝，把优质服务、帮助农民致富作为企业生存、发展的法宝和生命线，形成九牛爬坡人人出力、全县上下层层联动的新格局，开创农机工作新局面。

一天上午，林梅一进统计室就对关爱说："成经理要你去一下。"关爱不知啥事，心里有点紧张，站起来就走。

成经理说："秋收即将开始，明天我和高明去农机联系点看看，当天就能回来。你如能走开，也去转转。"

"能行，我去。"

"联系点在田禾公社赤岭村，紧靠公路，离机关六十多里。明天，我们同拉煤的拖拉机先走，你坐班车赶来。"

赤岭在山川县的北端，与兰平县接壤。这里岭似牛腰，村民大部分住着石窑。村内还有一些油坊、粉坊、牛棚，主要特产是莜麦、山药蛋。

快吃午饭时，邢支书把一行三人领到他家。一进门，只见窑里收拾得干干净净，妻子爱文正在搓莜面栲栳栳。

"呀，这么多人吃，太费事了。"成经理说，"来，都洗手，咱们一齐来就快了。"

关爱光知道莜面栲栳栳好吃，就是不会做，她学着爱文的样子，拿起莜面短棒在板板上推成片，拿起圈成圈，立在笼里就成了。

高明说："你要掌握要领，细摸搓，再难也不愁学不会。"

不一会儿，栲栳栳熟了端上来，调料是油泼辣子、盐、醋、蒜，还有豆腐、粉条、豆角、山药菜，吃得大家光冒汗，不觉肚子鼓起来。

饭后，爱文刚收拾住锅碗，高明就说："今天来了一位缝纫大师，你要有什么好布，快拿出来，让关爱给你裁上几件。你俩在家慢慢做，我们出去转转。"

支书、经理边走边谈，不一会儿就进入田间地头，只见莜麦、油料、土豆长势喜人，呈现出一派丰收景象。

经理问："丰收了，今年秋冬你们计划新添些什么农机具？"

支书说："前段队里研究过多次，农业上新购一部双铧犁、一台十五马力的拖拉机。畜牧上，新购一台铡草机、一台电机。副业上新增一台榨油机、两台粉碎机、三台电机。"

经理问："收完秋还干些什么？"

"再办三件事：一是机畜齐上阵，不留一亩硬茬地；二是备足牧草，保证牲畜安全过冬；三是满负荷生产麻油、干粉，增加收入，以副促农。"

在回家的路上，高明兴奋地说："赤岭今年丰收了，支书说话有了底气。拟订农机具十台件，这是农机服务的功劳，也是农业增收提效的基础。看来，农业的根本出路还是机械化。"

快入冬了，公司刘师对关爱说："赤岭的爱文见人就夸你裁的衣服穿上合身，众人看了羡慕得不行，想让你再去一次。你什么时候有空？"

"后天。"

这次到赤岭，关爱先到杨会计家里。会计今年二十五六，中等身材，长得眉清目秀，体态匀称，还未成婚。前段在供销社扯了一块蓝毛哔叽布料，想做套制服。关爱生怕做不好，量了又量，算了又算，比画了又比画，费了好大劲，才算裁好。

在裁剪时，来了一位中年妇女，手里拿着一只带花的鞋垫。

会计说："这是我婶子，她姐在太钢上班，准备给儿子结婚，让当姨的给纳几对鞋垫。"

关爱好奇地拿起一看："图案很好，就怕不耐磨。"

"人家说过手工画花，纳得结实，可是咱画不了。"

"村里有个女人会画，曾经让她画过，跟她学过。你如有备好的鞋垫，试着给你画一对。"

"太好啦，我回拿去。"

"来时带上削好的铅笔。"

"不用带，这里有。"

不到一顿饭的工夫，一对鞋垫就画好了。

中午，会计硬要让关爱在她家吃饭。闲谈中，他婶说："村里有户烈属，不知什么时候就存下一块劳动布，想缝一身衣服，一直没有缝成。这次遇上你这个恩人，如有空，给他裁剪一下，怪可怜的。"

关爱说："有空没空要帮忙。"

不一会儿，张大爷被叫来了，一进门就把布放下，嘴里不住地说谢谢。

走时，会计给了关爱许多瓜菜、土豆。

三月初一是二孩星星的"头生"，前天晚上，该来的客人还没来，关爱急得团团转。

姥姥说，咱从农村到了城市，从家乡到了外地，七弯八拐，离得太远，交通又不方便，况且亲戚们有的下煤窑，有的放羊，还有的给上学的孩子做饭，脱不开身。又赶上春耕春种开始了，尤其是没车，步行太远也来不了。

关爱说："原来咱摊得很大，准备也很丰盛，人即使来不了，也不能小就。"

早饭是挂面汤、煮鸡蛋、圆面饼。吃过后，关爱又把炕上收拾了一下，就开始摆星星"抓周"的东西：银手镯、书本、水笔、尺子、针线、积木、秤以及果品、火烧等，随即趁星星不闹，先洗脸、洗手、洗脚，再把姥姥买的花红袄、白底花裤、新袜新鞋穿好，戴上凉帽帽、银锁锁、银手镯、银脚链。一切穿戴齐整，关爱就把星星抱在炕上摆好的东西跟前，对星星说："炕上有很多好东西，你爱玩什么就手拿什么。"全家人都瞪大眼睛看他先抓什么。刚坐下，星星一手就抓起一支钢笔，一家人都很高兴。

这时，花花叫妈妈："我也要抓。"

妈妈说："行。"

花花也是一色新，洗完穿戴好，就自己坐在东西跟前，先盯着摆好的东西看了半天，突然伸手抓起一本带花皮的书。

关爱满意地说："好，好，好，一个钢笔一个书，两个大了都爱读书学文化，将来一定有出息。"

午餐也做得精细：最好的软米、黑糖包糕，胡麻油锅里炸糕炸得焦。

汤里煮了油炸豆腐、嫩瓜片、山药蛋、粉条、白面条，调料下的是葱花花、油点点、芝麻面面、姜片片。

晚饭也很传统：莜面、细粉条、豆腐丝、黄瓜、山药，用酱、醋、姜、蒜、芥末油做成凉拌菜。白酒、浑酒随便，糖火烧、花馍馍管饱。

这一天，全家老小欢欢喜喜、开开心心，眼瞅着儿女乖巧、家庭顺利，关爱心里比喝了蜜还甜。

四月初，省公司通知，各县农机统计员六号在兴隆县招待所报到，参加为期一周的培训，去时带上三月份的统计报表。

关爱心里正在想会让谁去。

林梅说话了："以会代训，我不知参加过多少次了，如果小孩能撒手，你去合适。万一不行，我去无妨。"

关爱说："小孩一岁多了，离开我也挺利索，能去。这次去，能开阔视野，认识同行，也能学习深造。"

从没出过远门，人生地不熟，关爱先得找个搭档。恰好荣宁农机公司统计冯宏也参加，她俩约定六号上午十点在汽车站集合，不见不散。

上午九点五十碰头，坐上开往省城的汽车，下午五点半到了兴隆招待所。报到后，关爱住了北二楼 208 房间，认识了秦县来的王容。

培训前，汇总三月份的报表。第二天上午，培训开课，省公司
田总经理开场辅导。

关爱听后，归纳为四性：农机统计的重要性，统计数据的真实
性，统计报表的指导性，统计人员的责任性。关爱认为，统计数据
的真实性是农机工作的核心，其数据是衡量公司家底是否雄厚、为
农业服务是否到位、销售网点布局是否合理及下步工作是否抓准的
唯一依据，农机统计不是可有可无，而是事关全局，不可小视。

这次培训原计划组织学员观摩，因准备不充分，无法进行，只
得宣布自由活动。

关爱、冯宏、王蓉商议：按通知还有三天，都把它利用起来出
去玩玩。

"是去五台还是回省城?"

"这些都不过瘾，干脆到首都北京。"

大家鼓掌，一致赞同。

火车站候车厅里人头攒动，熙熙攘攘，几个售票窗口都排着长
队，三人站在队里，一边聊一边跟着慢慢挪动。

快十点，开始检票上站台。一看，好几列火车像条条长龙躺在
铁轨上。突然听见叮咔、叮咔的声音，由远渐近，灯光下，一列火
车徐徐进站。站台上的人们蜂拥而上，车内人不多，关爱坐在了靠
窗口的位置。

大约十分钟左右，感到乘坐的列车在启动，由慢到快，车轮滚动声、风声不绝于耳。一晚上，才闲谈，又打盹，迷迷糊糊，摇摇晃晃，又听车内互相拉话，看列车员来回走动。天麻麻亮，从窗口往外望，像过电影，山河、平原、树木、楼房飞驰而过，奔向远方。渐渐地，道路平坦宽阔起来，人和车也多了起来，繁华热闹、向往已久的首都北京已近在眼前。

下车前，三人挤到一起议论进京后怎么活动。

关爱说："身上带的钱不多，在天安门照上一张相，再看看毛主席遗容，就心满意足了。"

"咱再转转颐和园、八达岭。"

"谁没钱说话，我有。来回北京不容易，著名景点都去看看。"

"先就这样，完了再说。"

北京城耸入云霄的高楼大厦、宽广整洁的东西长安街、雄伟壮观的天安门……真是从未见过。三人在天安门前高高兴兴合影留念。

要瞻仰毛主席遗容并不是一件容易事，必须有单位介绍信。关爱说："好不容易来一趟，没有也要看，大家都想想办法。"

玉蓉说自己脑子笨，想不出办法，要去儿童商店给儿子买双鞋。冯宏也想逛商店，她俩相跟上先走了。关爱仍想瞻仰毛主席遗容，去入口处观察了一会儿，发现瞻仰团队都是以单位组织的，持介绍信在入口附近集中进场。关爱挑了一家以系统组织的人数多的团队，跟组织者好说歹说，才被同意排在末尾，居然这样也让进去了。

看完出来，逛街的两个也回来了。她们商量了一下，决定下一站去颐和园。

颐和园人头涌动，热闹非凡，只是每去一个景点都得收一次门票，虽说钱不多，集中起来，也很可观。游了几处，大家就没兴趣了。玉蓉、冯宏都说省城有事，想晚上就离开北京。关爱只好依着他们。

回到省城，太阳已出山。三人匆匆告别，各自回家。

关爱边走边看直去汽车站。路过省宾馆门口时，正好碰上郝副书记的车出大门。

书记问："关爱，你来省城有啥事？"

"在省农机公司开会。"

"还开几天？"

"已经结束了，正准备去汽车站。"

"快上车，我们一起回。"


关爱初中同班女同学杨帆从河北回杨家岭看望父母，途经山川，在关爱家住了一宿。

一觉醒来，天已大亮，赶紧吃过早饭，关爱护送杨帆去了车站。那天去杨家岭的旅客稀少，七等八待就到了上午九点。再没盼头，客车只好摇摇晃晃离站上路。

时间不早了，关爱急着去上班，扭头就走。突然，从侧面过来一位农民着装的中年男子，叫了一声："大姐，问一下县农机公司在哪里？"

"你是哪里人？到农机公司有啥事？"

"大沟王家庄人，想买几件农机产品。"

"您贵姓？为什么不就近买，跑了这么远不嫌麻烦？"

"我姓王，觉得县公司产品多，新出厂、质量好、又便宜，有挑能捡，远也值得。"

"替你发愁，买来容易，往回运难。"

"你不要愁，今冬开粉铺需要煤，回时凑住在县城买上一车，连机具一并就拉回去了。"

"老王呀，你可问对了，我就在农机公司上班。"

"说明我有福气，你去过王家庄没有？"

"无事不登三宝殿，哪有机会去你村。"

"不是自夸，王家庄呀，村子不大不小，千余人家，实在是个好地方。"

"谁不说俺家乡好，这是共性。你说你村好，说来听听。"

"村里人评论，好就好在'天时地利人和'。天时，风调雨顺；地利，土厚地肥；人和，团结友爱。年年好收成，有吃又有穿，人才辈出，是个老先进。"

一路走一路聊，说话中间就到了农机购销门市部。

"辛主任，给你介绍一位顾客老王，他要买些农机具，请好好接待。"

"没问题，一定不让他失望。"

关爱安顿好老王，回到统计室，看没什么事，转身又去了业务上。一开门，经理也在那里，只见黑压压一片人，双双目光集中而来，顿觉有点不好意思。关爱以为是开会，怕影响公务，连忙说了一声"对不起"，迈步想走。赵主任看见关爱眉开眼笑，就问："是有什么喜讯要报道吗?"

一句话，说到议题上来了。关爱确有喜讯，想说又怕不是时候，既然经理放话，这是难得的机会，便把上午遇事的前前后后，毫无保留地一一道来。

二保在一旁听得早就不耐烦了，话音刚落，就抢先发言："寡人以为是什么惊险奇遇，原来是个习以为常的购物信号。"

还是经理高见，听了觉得不能小视几件农机具和一车煤，这是部门密切联系农民的载体，一定要揽起来，于是说道："走时让陈技术员也去，和村里电工一起，给老王安装调试机具，这是一个农机部门为农服务的真实写照。"

陈技术员提出有些事情得和老王核实一下，机具安装、调试，是他村寻人办理还是咱去也行，电表、拉线有没有，又该怎么办?

"你现在就去门市部找老王，连同拉煤之事一并落实下来。"

"这件事只说了开头部分，最后还有些想法，不知该说不该说?"

"继续说，或许更有意义。"

"近日，一连串的事情引起一连串的深思，如王家庄老王进城办事，咱们有条件提供食宿、运输；又如对农机具的安装、调试、维修、回访等，都是一条龙服务的要点，这些都应该形成制度，落到实处。"

成经理略有所思地说："很赏识关爱敏锐的头脑，善于捕捉信息、思考问题的能力。当前，涉及服务方面的事提出来，该落实的落实，该坚持的坚持。办公室腾出一间房子，接待客人住宿用；购销上开设接待室，摆放征询意见建议簿；业务室牵头，组织相关人员进行购销回访；要求每个职工一个月至少交一至两个朋友，收集一至二条意见和信息，马上行动，逐步完善。"

次日中午十一点，县农机公司一辆七十马力的拖拉机满载原煤、农机具，马达轰鸣一路开到王家庄。车停下来，一伙预先准备为老王运煤搬农机具的亲朋好友蜂拥而上，忙活开了。陈技术员提议老王把村里的电工叫来，一起为老王的粉铺规划、设计。一切基本就绪，村里闫支书、王主任一前一后来到粉铺贺喜。

老王感激地说："县农机公司陈技术员到咱村，歇也不歇，水也不喝，会同王电工选机具安装点、绘制线路图，一鼓作气，铺排得井井有条，办在我的心坎上。"

闫支书兴致勃勃地说："老王是村里首户个体企业家，初起就受到县公司的大力扶植，我代表支部、村委表示衷心感谢！"

王主任看了配套机具、安装铺排，满心如意，连连称赞："不愧是技术专家。"

陈技术员认为这是应该的："自古农机农业是一家，如同兄弟姐妹。我们所做的一切都是大哥所需，也是农机部门的天职，有什么不周，欢迎批评指正。"

闫支书敬佩陈技术员，说他农村跑得多，见识广，村里农建上有些事，想请他参谋参谋。

陈技术员随口答应："有求必应，这是应尽的义务，也是学习的极好机会。"

闫支书同大家一起上了山，指着山形地势，把今冬筑坝、开路、机修梯田三项工程一一做了介绍。计划一百精壮劳力、两部铲车、三十辆平车上阵，大干五十天，建成一条土坝、百亩梯田、十里山地田间道路。

陈技术员听了，从安全生产、卓有成效出发，提了个醒：同一时间铺开三项工程，上马劳力多，战线拉得长，强化组织领导、职责到位十分重要；着眼长远、科学规划、稳步推进，安全第一不能放松；营造团结互助、争先创优、美化家园的政治氛围必不可少。

王主任感到提醒如同指路明灯，表示一定会认真落实，希望取得更大成绩。

陈技术员一再声明，有什么需要之处，随时提出，愿为你村脱贫致富奔小康提供服务，奉献力量。

从此农机公司同王家庄的情感越来越深。一天，开车刘师在统计室呼叫说："关小姐，鸿运来啦，有人道喜，有请。"

"你说什么梦话，怎么一句也听不懂。"

"官方消息。昨天经理转告：王家庄老王要求再送一车煤。还说粉铺出粉啦，邀请关爱赏光。"

"啥时走?"

"明天上午十点，准时从公司出发。"

"俺不像你自由，能不能去，还看请准请不准假。"

"你不必担心，这是经理的旨意。"

"既然这样，哪有不去之理。"

王家庄离城不远，四十分钟就到了，远远望见院内粉条搭起几排，老王满面红光站在沟底等候。

村民侯狗听见拖拉机的声音，连忙跑来同刘师商量，情愿付运费，往县城运一车土豆。

正在商量之中，又来了一个年轻后生，说他女人重感冒，公社医院大夫开了好多输液药，回到村里，赤脚医生说不会输，想坐车去公社再问问。

关爱听到这情况，连忙对这位后生说："不用去医院，我上门给她输一下。"

年轻后生十分感激，当即就把关爱引回家去。关爱让后生去叫赤脚医生，并请他来时带上输液设备。

赤脚医生王林平听说县上下乡的女同志去了小王家输液，连忙带上保健箱就走，半道上碰上小王。

王林平是个年仅十七八岁的小女孩，银铃似的说话声，显得更加机灵精干，对关爱毕恭毕敬。

关爱一心想把输液技术传授给她，边操作边嘱咐：输液一定要严格遵循医嘱，先怎么后怎么再怎么，一步一步地来。配液体时，一定要认准药品，分清单独输还是能混合用。针头进入血管见有回血，就固定针头，千万不能穿刺或滑出，要控制好流量，一般液滴一分钟六五至七五之间，以舒适为宜。什么时候加入液体，都得留心。这些理论你都懂得，关键要细心，要在实践中掌握。

林平和小王刚把关爱送出大门，就听见村里有人在议论："小王有福气，才说到医院，大夫就到家。"

有个女孩听开车师傅说这位姓关的是个多面手，既是职工，又会医生、缝纫。机关响当当，门外受人敬。

还有不少人羡慕老王，说他拉上农机公司这门好亲，要煤有煤、要技术有技术，自己方便还不算，还能捎着送人情。

走进老王家里，刘师就拉开了话匣子："关小姐是位能剪会做的好裁缝，王夫人是个爱穿爱戴的时尚人。有什么好面料，尽管往出拿，让她给你裁上几件，好在王家庄风流风流。"

"初次见面就麻烦人家，不好意思。"

"王夫人，你太多心啦。你不好意思，关小姐还想露一手呢。"

关爱接上话茬："刘师吹捧得太过火了，实际水平是裁不好，但也裁不坏。如果王夫人不怕风险的话，还可以试试。"

"想做一件上衣、一个短裙，不知这些布行不行、够不够？"

"什么季节穿，是夏天还是春秋？"

"我也说不来，反正尽钱吃面，能裁成啥就裁成啥。"

门外装车就绪，家里裁剪结束。午饭早就备好，老王照应了几回，请两位师傅到粉铺就餐。

进了粉铺，只见宽敞明亮、设施齐全，屋子里热气腾腾，有几人进进出出。

关爱问老王："从安装到出粉有多长时间？"

"半个来月。"

"呵，速度够快。"

"你不知，王家庄又叫艺园村，修窑盖房、家具设置、美化装饰，人才济济，一般不用出村。单兵独将，两人联手，众多组合，招之即来，来之能干，既快又好。"

"你生产的粉条有几个品种？"

"初开始，大部分以小山药蛋兑换粉条，习惯大片粉、二条粉、线粉。"

"下一步你的发展方向应该是尽量拉长加工时间，从代农加工逐步走向商品生产。工艺、包装上要适应市场，有所创新。"

"从目前情况看，短时间扭转有些困难，只能先上了轨道再慢慢看了。"

吃过饭，日偏西斜，拖拉机沿着来时的路线返回。

车上，发现拳头大的山药蛋装了半车，还有不少色泽鲜艳的黄萝卜、滋味扑鼻的红皮葱。

关爱担心地问侯狗："你拉的一车，计划怎么处理？"

"一次性批发出售更好，可是没有关系，找不下门路，只好沿街串巷叫卖。"

"我倒是有个荏荏，不知那儿要不要，只能打探试问。假如人家想要，问起价格来，怎么应对？"

"就说低于市场价，批发出售，人家就明白了。"

老远看见县招待所许所长在院子里活动四肢，关爱上前问道："许所长要不要土豆？所里如需要，给你送点来。"

"质量如何，价格高低？"

"上等品，低于市场价，按批发价出售，具体多少，见货面谈。"

"这是巧合，县里报到开三干会，正需要蔬菜，那就送一车吧。"

侯狗一见关爱这情形，心里有了六七分的把握。

"侯狗，你真幸运，正赶上会议，快把车开到招待所灶房。"

"你们的家住哪里，给每人一袋土豆、一袋萝卜、一捆葱，先给你们家送去。"

"情意收下，东西不要。"

"不收，看不起我，也不够朋友。"

"过两天又去你村，到时再说，你先送去，去得迟了，怕人家不收。"

正要分手回家，背后听见有人呼叫，回头一看，又是一个初中同学，叫刘勇。

"刘大人，你有句口头禅，'无事不出门，出门便有事'，这次出来是不是参加三干会？"

"还是关秀才，虽然常在家，还知天下事。了不得，不得了。"

"下午报到无事，请到寒舍一坐。"

"吃了公家饭，受了公家的禄，就要为公家服务。县上虽然无事，可公社叫不上本人，岂不是误了大事？你如今在何单位上班，从事何种职业？"

"离开缝纫厂已经三年，现在成了农机公司职工。有什么需要之处，打电话也行，来找我更好。学友虽说少本没事，也情愿效犬马之劳。"

星期一刚上班，屁股还没坐稳。办公室通知职工参加职工会，说是传达贯彻全县三干会议精神。

成经理说，这次会议开了两天，自上而下，实话实说，主要是动员全民上阵，各方配合，迅速掀起冬季农田基本建设新高潮。这些职工会要求人人发言，谈认识、说体会、看行动。

业务上赵主任开门见山触及主题，公司是涉农部门，处于农建一线，保障供给、跟踪服务是我们的天职，我们一定会随时掌握动向，为领导决策提供可靠依据。

门市部辛主任围绕农建说了自己的工作思路，澄清所需，组织货源，保障供给；注意售后服务，充分发挥农机具的应有活力。

关爱代表半边天说了心里话：昨日到乡村，还留泥土香，今说搞农建，为农乐无穷。妇女同志们随时准备着，哪里需要到哪里，竭尽全力做贡献！

成经理从职工的认识、情绪看出大家都认识到位、思想坚定、严阵以待、单等下令，决定当前公司兵分两路：业务、购销人员深入各社镇，用一周时间摸清所需，核实库存，调剂余缺，掌握主动权；另一路，公司同各站点联手，分工协作，加强外采，充实库存，有备无患。但是考虑到农建战线长，一切能否到位、如何有效掌握，希望大家继续各抒己见。

办公室高主任说："这个不难，成立个检查组就行啦。"

关爱说："当今说检查不时兴，不如叫成巡视组体面。"

"叫什么名称并不重要，人们关注的是谁们履行？"

赵主任提议："'一把手'当之无愧，购销主任必不可少。谁再去合适，继续考虑。"

刘师站起来举荐："我认为关爱是个合适人选。论资历来公司不到二年，有点欠缺。说本事比谁都强，一是农村工作熟悉，可以说酸甜苦辣都经过；二是接近群众有本事，既能行医，又会缝纫；三是遇上一些纠缠不清的事情，说说笑笑就能摆平。"

二保举手赞同。

别的同志也都认可。

第二天一上班，成经理就启动巡视组，他说："昨晚朝阳村支书刘勇电话求购，既买机动三轮，又购工程机械，像和尚念经，念了一大单。"

"要求啥时取货？"

"他说'越快越好，谢谢合作'。"

辛主任蛮有把握地说："经虽然念得不少，怎也没出门市部的掌心！明天就给送去。"

巡视组也去了，以了解一下朝阳村的宝贵经验。

向阳公社裴书记接待，农机公司巡视组一行参观了轰动本公社、上了县红榜的东条沟劈山改河垫地工程。

东条沟除森林保护区外，约有十里之长，囊括沙口、朝阳、沟底三个行政村。农建兵团建制，一队一个连，一村一个团，三连一个营。朝阳大队支书刘勇为营长，其余两村支书为副营长。朝阳村底搭起指挥台，彩旗招展，口号声声。"官兵同心干，荒滩变绿洲""征服龙王爷，牵着河水走"的标语到处可见。八十辆畜力平车拉运供土，四百劳力清整垫地，一部推土机、一部挖掘机劈山开河。该工程要大战两个月，消灭杂花滩，垫地四百亩；新开河道一百米；十里河岸变良田。

成经理看了劈山改河工程，开挖艰巨、投资很大、赢利可观，十分鼓舞人心，便问裴书记："改河工程投资何来？得利怎享？"

裴书记说："劈山改河工地在阳湾，河口享利不小。当初提出投资按受益大小分摊。"

工地上人欢马叫，劳动场面壮观。兴奋之余，关爱发现一个不容忽视的问题，但见不少社员着装单薄，恐怕难以抵御风寒。预计到了数九寒天，有三分之一的劳力出不了台、上不了阵，其结果是大战不御寒，不能持久战。

刘勇称赞关爱观察细致，反思自己只强调"战严寒做贡献"却不问战士饥和寒，这是工作中的最大失误。"刚才，我心中思谋了一下解决办法：特困户靠民政救助，一般御寒社队自行承担。"

裴书记提议，把连长以上干部叫全开个专题会，澄清底子，议定妥善办法，尽快解决。

刘勇建议让关爱协助办理。

关爱担当重任，坐卧不安，一早上班向经理请假。走到公司院里，见经理办的灯亮着，关爱紧走两步进去，经理正坐在办公桌前像玩文件牌似的，抓起这件，放下那本，连关爱进去也没发觉。

"成经理，看来你的事情不少，今天出不去了？"

"你也猜对了，这些文件三干会前就该办了，结果一推就是一个礼拜，要是不办不做主，真不如回家卖红薯。"

"大概你也清楚，刘勇委托的事也得急办，不然会把人冻坏。请假来就是为了这个。"

"我还正要找你。事情是这样的，公司业务会计马守仁最近提出要请长假，说他要领上父亲去外地看病，可能还得手术。很明显，他一走，会计就得找人接管。选来挑去想让你来担当，不知意下如何？"

"这是经理的信任，一切服从分配，什么时候交接？"

"估计长不了，也就这一两天。"

从经理办出来上街办事，还不到一顿饭的工夫，办公室小丽就听见脚步声，抬头一看，见关爱向这边走来，忙开门迎接。

"关姐，看把你累得，快进来喝点水歇歇。"

"你看我外表满结实的，实际上是纸老虎，经不起摔打，上街从西走到东，又折回咱公司，也许走得过急，就落花流水，软得连步也挪不动。小丽呀，这向办公室的事情多不多？"

"紧过紧，忙不停。人员下基层，所有的电话都来到办公室，一个接着一个。你看，电话记录写起这么一摞，这还不算，还得转告有关人。一来二去把人闹得很紧张，生怕误下事，追责追到我头上。"

"忙也罢，逼也罢，切身体验都是好事。忙能忙出成果，逼能增长才干，不忙不逼倒是脑子清闲，可造成的结果很可怕，两手空空，一无所获。"

"关姐，你的乏困主要是超负荷运行，下乡事情多，机关不清闲，不用说人是肉的，就是铁打钢铸的，也会磨损得吃不消。"

唉，呆头呆脑顾闲扯，差点忘了急办事，赶快给向阳公社东条沟工地总指挥刘勇打电话。

"喂，你是刘勇吗?"

"没错，正是。有什么指示，关爱?"

"前些时，你委托的事，经交涉，一切所需都办妥啦。"

"什么时候取货?"

"马上行动。来时切记把民政助理员叫上。这两天我常下乡，到了城里你们自己去办，先民政后服装厂。"

正说话中间，本公司会计马守仁来了，心急父亲的身体，请求马上移交业务："关爱，你说，能不接收吗?"

"既然揽下，就得接收，没有什么难言之处，保证顺理成章。"

这几天，公司要去田原巡视，在开往南大门的皮卡车上，关爱的新闻又播开了：金九银十春来早，公司运气实在好，销售收入直线升，又是一个大跃进。有了票子想法多，各人可以露一手，能为公司添砖瓦。

刘师早就有主张，看来关爱有准备，说出来让诸位都品赏："公司的库房太寒酸，窄小潮湿进出难，好多商品露天放，风吹雨打受侵害，见了心里不痛快。建议把院子用起来，修上两栋简易仓，让公司风光风光再风光。"

辛主任："关爱呵关爱，你的慧眼望得远选得准，句句能说在点子上，令人心服令人敬，军事好参谋，业务开创型。"

成经理听了高兴地说："关爱一席话，抓住销售好这一机遇，提出院内修简易仓库的发展设想，深得人心，成事在人，利在公司。今冬做准备，年后大行动，好事办好，不负众望。"

田原镇近两万人，地广势重，农建随处可见，该从哪里开始看呢？

农机局巡视组人员来到镇委会议室，周书记综合介绍了全镇各村农建现状，他说："沿川村庄约占百分之八十五，多年来尝到农建的甜头，自觉性强，干得扎实，一家胜似一家。其余村庄地处边远山区，那里地多人少，农建动静不大，主要是认识不到位，说什么搞农建还不如多开荒。至于阳石村啥样，情况特殊，具体让农机员李少华同志讲讲。"

"阳石村农建为啥搞不起来？村里的社员大会上群众反响确实强烈。

"有位老大爷充满激情，说起话来滔滔不绝，阳石村山高坡陡土贫瘠，十年九旱不打粮，年年起来吃救济，羞得不敢见世人。再说修梯田，熟土培了埂，生土长不成，一亩坡坡地，修成七八分，不仅效益小，甚至还亏本。

"有个中年妇女说得更生动，'脚底踏石板，住得石碹窑，押得石头垅，走得石头桥。石头是村里的宝中宝，离开石头活不了，不如办个石料场，脱贫有希望，致富有保障'。"

成经理听了小李的汇报，认为阳石村是典型的民生问题，对此，应尊重民意。只要方向对头，行为正当，就应大力扶植。

关爱认为，种地不打粮，不宜发展农业，因地制宜，让他们走退耕还林的路子，起先以副促林，日后以林养副，将来才能林茂副旺。

周书记觉得关爱的提议很好，退耕还林，社员容易接受，开办石料场又符合他们的心意，也是脱贫致富的唯一出路。

大家对阳石村的出路有了共识之后，又一起到了源村水力冲淤工地，只见镇委张副主任泥鞋泥袜满头汗，甩开膀子同社员干，看见去了一伙人，赶快上前来接应，一边指挥农建工作，一边介绍激战盛况，巡视人员看了听了，心潮起伏，感慨万千：

机声隆隆隆，钎音铮铮铮，

一班突击手，主攻黄土营。

开动喷水龙，化土起洪峰，

十亩沙石滩，一面淤泥镜。

择其农建景，点赞唱英雄，

官兵同心干，实现小康梦。

人闲思父母，叶落想归根。一天，向民把自己要回荣宁的想法告诉了关爱。

"想法倒好，就是担心山川不放行，荣宁不好进，美梦成泡影。"

"只要下决心，不愁办不成。"援助山川十多年了，如今的山川已经发生了翻天覆地的变化。干部云集，人才济济，各项事业，蒸蒸日上，想离开应该不会太难。再说，父母七八十的人啦，儿了女嫁，无依无靠。虽然咱们离家也不远，但七拐八折不顺当，比上省城也难。离家近点、顺点，常回家看看，也是儿子的责任。"

"可是，你怎么跟领导说呢?"

"这正是发愁的首要问题。当今干部调动是

'一把手'的事情，直接说，恐怕连话也递不上。"

有一天刚进单位大门，向民正好碰上宋县长，他灵机一动，说："宋县长，我有件个人事，想让你帮个忙。"

"有啥事？咱到办公室。"

"平时听人说，你和荣宁县石书记关系特别。为了照顾父母，我想再回荣宁，请你和石书记说一下。"

"荣宁人多，人事调动很难，说也恐怕白说。"

"说了即便不顶事，也仍然感谢你。"

"遇机会，试试吧。"

"太感谢了。"

按照宋县长的安排，向民专程去荣宁等了一天，才见上石书记，答复是"人接收，就是职务不好安排。差不多的岗位不缺人，挤进去的单位不理想"。

"石书记，只要接收，没职务也行。"

"你没意见，别人会说闲话，我也不能这样做，无法见你们宋县长。"

失望中，向民找到县委常委、组织部赵部长，因为是老同事，就把见石书记的情况一五一十说了一遍。

"石书记说的完全是实情，荣宁县级机关编制已经达到饱和程度，再也不敢突破了，你要是情愿，回你公社当书记去。"

"农村工作不熟，心中没底，不敢担当。这里不好进，再往地直走。"

"这也是条来路，只要下了荣宁，地区、县里都一样。"

告别赵部长，向民又跑到地直党委，见了王书记，说了自己的情况，请他帮忙。

回到家里，已是下午五点半了，关爱早就把饭做好，越等越心慌。向民回来刚吃完饭，关爱迫不及待就问这次出行的收获。

"荣宁县暂时不行，又去地区见了直属党委王书记，他倒是满口答应，嘱咐安心工作，听候佳音。"

向民来到人大上班后，先叫来文印员穆树莲了解了档案管理工作，要求她根据收发文登记簿，把 1982 年前的文件资料收集齐全，然后按利用价值划分永久、长期、定期、剔除，按类型登记目录，装订成册，立卷归档。

整理文书档案，向民是内行。早在二十世纪六十年代初，他就参加过县办的档案培训，又经过宣传部、团委、教育局多年实践，积累了不少经验，掌握了立卷归档的技能技巧。这次指导起工作来轻车熟路，几天时间，就顺利完成全部工作。

工作上的繁忙劳累，加上自己工作调动的困扰，向民这几天像丢了魂似的坐卧不安、心神不定，关爱担心地问："你怎么啦？"

"去罢荣宁一个多月了，什么消息也没有。电话问吧，不好意思，下去打听，又怕同学说不是，到机关上班吧，没有一点心劲。"

"你还不清楚？安排工作，调动人员，一个人做不了主，要上会研究，还得有个过程，不是你想象得那么容易。既然同事答应的那么恳切，你就安心等吧！"

"说的也是，那就一边上班一边耐心等候吧。"

快到机关，正好遇上打字员树莲给机关打水。

"向主任，是不是感冒了，面色不好，少精没神的。"

"感冒好几天了，肚子也不对劲。"

"才打的水，多喝一点，缺水会生病。"

向民来到办公室心不在焉地翻看报纸，树莲进来说："才接到县委组织部的电话，让你去一下刘部长办公室。"

向民起身匆匆向组织部走去，他的心里像打鼓一样咚咚直跳，既期待盼望已久的事变成现实，又害怕领导告知他办不成。忐忑中，已来到刘部长办公室门前。他轻轻敲了敲门，听到回应，推门而入。刘部长满面春风地说："向民，昨天收到你的调令了，今天又接住地委组织部王部长的电话，说你想到荣宁工作的申请批准了，工作安排在地委新成立的一个下属单位，叫老干部服务中心。如县委、人大同意，很快可以办理调动手续。"

"感谢组织照顾。"

"叶落归根，这是人之常情。再推上几年，年龄一大，即便同意，恐怕也不好安排。"

人逢喜事精神爽。向民一听说调令来啦，浑身轻快了许多，回到家里，迫不及待地告关爱说："愿望终于实现啦！"

"你不要高兴得太早了，要是县里不放行，还不是一纸空文。"

"放你的心吧！这是地委成立的新机构，确定的新人员，谁敢阻拦。"

上了班，向民找见人大程主任，把批准去荣宁的事说了。

"我不想让你走，回家看父母，咱单位有车，你随便使用。"

"程主任，今年我三十大几的人啦，年龄大了再回，谁家肯要！如今山川有的是人才，你高抬贵手放了吧！"

"我考虑考虑再说。"

一考虑就是一礼拜，向民有点等不及了，就大着胆子又找程主任。

"调令来了，挽留也不顶用。"

"感谢主任的照顾，不忘主任的栽培。"

第二天一早，向民乘车直奔荣宁。地委组织部管理干部有两个科，一科管县市、二科管地直，向民先去一科办理接收手续，尔后转二科进行分配。

康科长说："地委老干部服务中心，顾名思义，就是全心全意为老干部服务，目前暂配两人，还有一名是刚从外地回来的干部。中心隶属秘书处，现在才搭起个架子，还不能上班开展工作，过去把手续办完就回去等待吧，到时再通知。"

不久，省委针对机构臃肿、办事效率不高的弊病，专门下达了治理通知，清理非正式机构，精简非行政人员。按照这一精神，地委老干部服务中心成了取消对象，向民等人将被分流。

地委组织部做了进一步调查，通过走访群众，了解到向民诚实善良、作风正派、办事公道，决定让他留在地委组织部干部科工作。

向民有了工作岗位，一切趋于正常，只是家属安置问题让他着实犯愁。

荣宁县高部长说："现在接收人员十分困难，如有个对调茬茬就好办了。"

关爱侧面了解到山川县水沟湾有个村民在荣宁医院接了父亲的班，想回本县一直找不下个单位，如愿意对调，双方都合适。

向民去医院找到这位同志，自我介绍，说明来意，对方当即表示同意。

城关镇薛书记是向民初中时高一届的同学，向民找他帮助租赁两间房子。薛书记说，机关刚腾开，空窑有的是，就是小一点，人暂时挤下，把其他杂七杂八的东西放到南面空房里。

想办的事情都有了着落。向民抽空回了趟山川，把关爱的调动手续连同家一齐迁到荣宁。行动这么快，搬得这么利索，街坊邻里也觉得十分惊奇。这真是风和日丽艳阳天，绿茵翠毯布山川；一年一个新变化，与时俱进永向前。

初来乍到，一切都得重新开始。窑内面积不足十四平方米，一家五口三代人，怎么也不好安排。关爱打量了一下，决定先把两只大木箱放在窑掌，前面用床板支成通铺。西边还能挤只箱子。其余的东西一并放在南房。

周一一上班，向民关爱相跟上去办理调动手续。组织部事前打过招呼，又和组织部部长熟悉，不一会儿就办妥了。二人转身就去了县医院，在取药窗口问了一下院长在哪里办公。有个女大夫手一指说"那就是"。

"王院长，我是向民，她叫关爱，找你是有关职工对调的事。"向民说着顺手把手续递交给院长。

王院长看了点点头："那什么时候能上班?"

"明天，来了先在收款室跟班，熟悉后，就上岗收款。"

向民、关爱谢过院长，告辞出门。

随后，在公安局、派出所上了户口，去幼儿园给花花办了入园手续。办时，把花花写成曾用名，常用名叫成向华。

关爱头一天上班，一进门厅，院长正在走廊转悠，见她进来，回头叫了一声："王英。"

一位三十多岁、身材苗条的妇女从办公室里应声而出。院长介绍说："这是新来的同志关爱，你带她先熟悉一下业务。"

"行，跟我来吧。"关爱跟着王英进了收款室。

室内只摆一张三斗桌、两把椅子、一个洗手盆。王英说："你就坐在我对面，看如何审查收款单、处方价，而后收款盖章。"

关爱微微一笑，在对面的椅子上坐下。刚一落座，王英就和她攀谈起来。

"你从哪里调来？原来做过些什么？"

"是从山川县来的，曾经当过会计、出纳、保管。"

"呀，你真厉害，本事不少。男人也不是等闲之辈吧？"

"男人调前在山川县人大办，来了又安排在地委组织部干部科。"

"两口上班，谁照孩子、做饭？"

"两个孩子，女孩初中，男孩小学。家里一切有我妈。"

"命真好，有福气，家里有个好帮手。"

"那你呢？"

"我们家没有帮手自靠自。爸爸是干部，妈妈当工人。公婆都在咱医院，一个是副院长，一个是妇产科的一把手。爱人给县卫生局开小车，天天围着领导转。"

"大人好说，小孩吃不上现成饭确实是问题。"

"两个小孩都在城内一小上学，大的十岁，小的八岁，自去自回，先做作业，后吃饭。"

"遇上夜班，你该怎么办？"

"爱人顾上爱人顶。没空就请收款室的高栓柱来替代。轮上他上白班时，我再还。明天就是他的班，栓柱憨厚又勤快，他是咱俩的好帮手。"

"你的条件这么好，医院有不少好岗位，还用你在这儿来收款？"

"别的事不具体、不利索，还不如这儿合口味。"

刚上班，缴款的人越来越多。关爱眼疾手快，口里不断念叨："应缴一块七，这是两块，给你找三毛。"一会儿就能上手收款了。

过了一个星期，领导看她业务已非常熟悉，就和科室两位同志一起排班，安排她正式上岗，单独收款。这天，正好是关爱轮班，正收时，忽然接住一张张志刚的输液处方，抬头一看，买药的那人是志刚的父亲，关爱的一位远房大叔。这位大叔说："儿子在沙坪煤矿井下把腿给压得骨折了，住进医院已经三天。你不是在山川吗？什么时候下来的？"

"快一个月了。"

正说中间，后面排队的人等急了："大叔，你的事说完了吗？"不便再耽搁，关爱只好说："大叔，有什么需要帮忙的就到这里来找我。"

中午，关爱妈送饭来了，一手提着饭盒，一手拖着小宝，到了收款室门前，小宝推不开门，就一边叫妈妈一边敲门。

关爱一开门，小宝就着急地问："妈妈，你关住门做什么？"

"妈妈坐在这儿，怕坏蛋闯进来。"

小宝站在妈妈面前，一动不动地看着妈妈吃完饭，问妈妈："下了班，人家让你回家吗？"

"宝贝放心，当然能回家啊！"

"碰上坏蛋怎么办？"

"这里还有很多叔叔阿姨，要是有坏蛋，他们会帮助妈妈的。"

听了这话，小宝拉住姥姥的手："咱们走吧，姐姐一个人在家里怕。"

"小宝，回家要听姥姥的话。"

"听见了。妈妈你要把门关好了。"

医院规定，每天下午六点准时上交所收款项。关爱把收到的所有钱按面额大小分类，盘点清理整齐，然后用纸带捆好，去了财务室交给出纳。

出纳管英说："不愧是把好手，每捆票子整理得和银行一模一样。"

"人常说，隔行千里，虽说搞过出纳，毕竟行业不同，还得从头学起。"

"家里有人做饭吗?"

"有，我妈长年累月为我服务。"

"那你就不用心慌了，回得晚了，也能吃上现成饭。"

"是啊，家务不用料理，确实省心不少。"

快夜里十一点了，再不见缴款的人来。

关爱看见药房的灯还亮着，有两人在说话，想过去凑个热闹。"咚咚咚"刚一敲，门开了。

"是关爱，快请进。"

"人生地不熟，夜半闯仙境。"

"看你说的，一回生，两回熟。"

"在村里时，我跟省巡回医疗队在公社医院学过半年临床，回村后，又当过二年赤脚医生，打针、输液、护理都会，对医院、医务人员蛮有感情。"

"听说你在缝纫上也是一把好手?"

"中学毕业后，因病再没上学，跟上我妈学会裁缝。到了山川，又在缝纫厂干了二年。"

"看我们，一上班就围着货架转，一年四季同药品打交道，工作既死板又单调。"

……

一晚上，三个人叨叨咕咕，倒也不觉得时间难熬。

第二天，关爱轮休不上班，早上起来，她先给小宝做饭。突然，听见院子里有人找，关爱出去一看，来的是保则，泉则沟人，与向民是一个行政村的。

"找我有事吗?"

"我爱人要生孩子，公社医院说难产，建议到县医院。到这里人生地不熟的，又怕推脱不管。听说你来了医院，一打听，说你今天不上班，问来问去就到了这里。"

"刚到医院，医生也不熟。既然公社医院不接收，说明孕妇危急，毕竟人命关天。咱们走，先找王英，让她给咱说说。"

去了妇产科，王英跟婆母说了孕妇情况，邢主任当即安排去做B超检查。一看，小孩脐带绕在脖子里了，顺产恐怕有危险，还是剖宫产保险。主任又立即安排手术事宜。

诊断中间，关爱认识了一个手术室的大夫，薛家咀人，和榆树峁相邻，两人互称老乡。这个大夫姓高，人叫香莲，医科毕业，中等身材，圆脸、大眼、平易近人。二人相识，真有说不出的高兴。

孕妇进入手术室，有半个来钟头，香莲就出来通风报信："小孩已剖出，还是个男孩，脐带在脖颈上绕了两圈，现在吸着氧，正在抢救，估计问题不大。产妇麻药还起作用，暂时未醒。"

小孩的奶奶一听，愁云全消，结在心头的疙瘩终于化解，不过还在担忧小孩的安危。等啊等，又等了四十来分钟，手术室的门打开了，母子平安，被推进了病房。

保则跟进病房安顿好，又匆匆跑到医院饭厅，给关爱买了一份饭菜，非要让她吃完再回。

关爱说："只要母子安宁，比什么都好，我也放心了。离家很近，孩子们也等不及了。买来的饭你们吃吧，我得赶紧回去。有事再说，不要不好意思。"

第二天上班刚见到王英，关爱就拉着她说："昨天的事多亏你婆媳二人帮忙，该怎么感谢你呀？"

"情况危急，人命关天，医院不管谁管，大夫不治谁治，这都是分内之事，千万不要过意不去。"

正说着，有人过来找关爱："院长让你去一下办公室。"

是工作上出了差错呢，还是另有什么任务？关爱一边走，一边暗自揣摩。

"当当当"刚敲了几下，门就开了。

"王院长，你叫我?"

"交你办一件私事，看你能不能完成?"

"你说吧，我尽力而为。"

"听说你以前干过裁缝，这件西服上衣样式不错，穿上也很合身，你能不能用这块布料，依样新做一件?"

"我从来没有做过西服，要是不怕做坏，可以试试。"

关爱愁眉苦脸回了家，把王院长交代的事向妈妈说了一遍。她妈也感到这件事比较棘手。

关爱心里有事，吃饭也没胃口，脑子里一直盘算这件衣服该咋下手去做，尤其是翻领，以前从来没裁剪过。想了半天，她先量了样衣的尺寸，按比例缩小画在纸上，又反复审查核算了几次，确定无误了才动手裁剪，接着又赶紧缝合，做完一看，已经深夜了。

第二天，关爱早早起床，把衣服烫好，拿着就去了院长办公室。一进门，就叫："王院长，衣服缝好了，你穿上试一试，看行不行?"

"看把你逼的，私人事还用这么着急? 来，我穿上看看。"

他穿上前看后看，左摸右摸，连声说："不错，不错，比那件穿上也合适。怪不得人家夸你是裁缝高手呢!"关爱看着合适，也放心了，高高兴兴回收款室去了。

中午回家吃饭时，向民说："组织部、宣传部、纪检委等几个单位联合建起一栋住宅楼，已经整修得齐齐备备，开门就能住人，最近要分配，我想争取一套，但能不能轮上，还很难说。"

关爱一听，赶忙说："好事啊，要是有房子了，咱的大问题就解决了。"

"可组织部只有四套住宅，却有六个分房对象，一户刚结过婚，明显不行，有三户资格老，没有问题，剩下一套，我和另一位同志都想要，两户条件不差上下，资历平起平坐，谁都不好说话，领导也皱眉头。部长说，先翻一下档案，看有没有区别的具体东西。"

"对了，你积极响应省委的号召，自告奋勇支援边远山区建设，这就是优势啊？"

还没等向民再找领导，部长已经因为向民多年来踏实肯干、工作勤奋，支援山区时业绩突出，决定把这套住宅分配给向民。喜讯传开，一家人真有说不出的高兴。

昨晚是王英的夜班，今晨关爱接班去得很早，刚进门王英就说："前天，公公和婆母闲聊，说医院的手术衣、床单、枕套、帽子、白大褂陈旧又破烂，且式样不好，质量也差，医务人员一致要求更换，你找院领导说说。"

"这消息不错，争取到了请你吃饭。"

次日，吃过早饭，关爱早早就到医院，见院长来了，就尾随在后，跟进办公室。

"你这么早，有什么事？"

"王院长，听说咱医院要换科室人员着装，想让我妈承揽，她曾经在公社驻地开过三年缝纫铺，我在山川缝纫厂干了二年，也能帮忙，质量、样式都不成问题。最近，地委组织部给向民分的一套 90 多平方米的住宅，做个临时家庭缝纫店也行。现有两台缝纫机，上海标准、大 44，布料薄厚均可。我在医院上班，根据不同科室、不同体形，在式样上创新，在质量上下功夫，决不辜负领导重托和全员期望。"

"对院内的事，你有设想、有创意，这很好，待商量后再说。"

"那我就等候佳音了。"

又过了一个多月，关爱与王院长在上班的路上相遇。

"你去哪里？"

"到百货店买件衬衣。"

"你去医院保管室找一下娜娜，看需要缝些什么，先做个预算给我。"

关爱一听，百货店也不去了，扭头就向医院走去。保管室里坐着一个妙龄女子，鹅蛋脸，白面皮，一双水汪汪的大眼睛炯炯有神，一头披肩长发墨黑闪亮，显得神采飞扬。

"关姐，你来了，请进。"

"王院长让找你联系缝纫的事情。"

"你先喝点水。我设计了一张表，你一看就清楚。"

"你给一张纸，抄一下。"

"不用你抄，我多复写了一份，你拿着用吧。"

"你很年轻，什么时候参加工作的?"

"去年景山医学院毕业，九月参加工作。"

"你父母有没有工作，姐妹多少?"

"都有工作，父亲在商业局，我妈在百货店。姐弟二人，弟弟在高中上学。"

"你们是干部之家，你又是后起之秀。"

"您过奖了!"

"院长还要个预算。"

"那是我伯父。"

"幸会，再见。"

一进家门，关爱就高兴地说："妈，医院的缝纫活计有可能揽成。今天保管室娜娜给了这么多数数，要咱做个预算，让院长审批。"

"你先算一下，看总共需要多少布。"

"用量最大的是白大褂、手术衣、床单，这要具体算。其他小件，那就靠估摸了。"

"现在只知道要做的件数，不清楚规格、尺寸，最好是先去医院找上要缝的式样，那样既好算又准确。"

"你说得对，现在就去医院保管上取。"

用布多少有底码后，关爱就去了百货公司，通过熟人，了解一下棉白布的购销情况。

"娌姨关爱，你很少来这里，找我肯定有事。"

"怎嘞，不能来吗？无事不登三宝殿。来公司，想看看白布的色泽、质量，问一下能不能按批发价进货。"

"你先看一看布料，看中意不中意，相准相不准？"

"白布的色泽种类确实不少，称心的不多。"

"你的用量较大，不如去石庄采购。一来好中选好，二来还能省几个钱，这不是一箭双雕的好事吗？"

"好倒是好，没有个合适帮手。"

"如果你要得不急，抽个空我跟你跑一趟，往返最多用上四天。"

面料的事有了着落，究竟缝什么样式好看、能让人们喜爱？关爱前思后想，翻来覆去几个晚上也没睡好。每天早上她都吃了饭就走，先到地区医院，看别人的着装，只是看得不少，却都不上眼。

一天，转了几个药店之后，关爱又去了诊疗所，见一女士的白大褂和白帽子很引人注目，问是哪里买的。

"是姨姨买的。"

"你姨母住哪里？"

"在省城。"

"在外地工作的妹妹，想给她做一套。看见你穿的这身样式好看又得体。能不能暂借一时，待回去照样裁剪下还你。我叫关爱，在县医院工作。"

"可以吧。"

往回走时，路上看见一中年妇女戴一顶白帽，样式比才见的还好，便问："你戴的这顶帽子很好看，是哪里买的?"

"自己缝的。"

"你有没有帽样，家住哪里?"

"不远，就是看见的那栋楼。你跟我来，给你替上一个。"

"那太感谢你了。"

拿到衣样，关爱急急忙忙回家了。母女俩先试穿，左看右瞧，浑身打量。试完画图，量了又量，画好再改，不一会儿，衣帽式样就裁好了。

第二天一上班，关爱带着衣样去找院长。院长看了款式、做工，连连点头，要求她立即批量生产。

石庄进货回来，全家人就忙活开了。小宝当了家里警卫，照看布匹、衣物、家具。向华上学回来，还要照应弟弟。

关爱一进家，就扑在缝纫机上，母亲既要裁剪又要做饭，抽空还要坐机干活。

向民回到家里也不能消闲，清洁卫生，有空还要替关爱值些夜班。

大人小孩同心干，忙碌了二十多天，基本完成任务，赢得了医务人员的好评。

说实话，有好几个夜班没去，一到夜深人静时，药房值班的两人好像缺了一盆火，竟觉得有些孤独。

今晚听见关爱去了，顿时心里热乎起来。

"你们盼望已久，我也想念梦长，如今有缘来相会，彼此的知心话说不完。"

"不是我们吹捧你，你给医院缝的服装，人人都说好。大概你也听见了。"

金英说："最近我院邻家从北京买回一件红绸底金花套装棉袄，穿上十分喜人。我想投靠你照样子做上一件，抖抖风。"

"难为我乐意，就怕做不成。"

"大家相信到你手的活没有办不成的。"

"那就斗胆揽起，也不怕现丑。"

话音刚落，玉清就接上说："天快凉了，要给儿子做一身棉衣，也想投你效劳。"

"能给贵夫人办事，是天大的福分，何乐而不为呢？不过一个姑娘嫁两处，明天先轮谁呢？"

"先给小孩做吧，关心后代要紧。"

六月下旬，医院召开全体人员会议，承前启后，总结部署。会议结束时，王院长宣布了后勤人员的变动情况：保管胡玉秀已办退休，缺位让关爱去补。收款室让玉秀之女瑞芳过去。涉及人员七月一日到位。各科室要继往开来，严格职责，齐心协力把此次会议精神落到实处，把工作做得更好。

今天，保管上进行交接。玉秀和关爱清库，香兰协助娜娜上街买糖、瓜子，准备开个座谈会欢乐欢乐。

库房里东西不少，品种很多，关爱扫了几眼说："库内有一半东西长期不用，属于固定资产，另建账保存，还有一些应报废处理。其余还能使用，应分别清点上账。"

玉秀主张把库房分成两半，一头是固定资产，一头放易耗品，把处理品堆在中间。"咱们先按类分开，再清点上册。"

人们拉的拉、搬的搬，一阵就收拾得差不多了。

正要休息，娜娜的座谈会就开始了。

"说实话，我的心情喜忧参半：忧的是玉秀退休要走，心里沉甸甸的，不过人虽离开，友情不断，往后常来聚会；喜的是来了关爱这一新兵，增添了浓郁气氛。"

"人老退休，天经地义，我完全理解。尤其高兴的是组织批准、领导照顾，让女儿瑞芳接班分配工作。就是说，退休不存在忧伤，而应该大喜大庆。"

"岗位轮换，等于跨上新的征程。继续走下去，定能取得好成绩。"

"保管室又是清一色。人常说，一个婆姨一面锣，三个婆姨一台戏，咱要好戏连台，越唱越红火。"

清完库，关爱建议，属于破烂不堪、毫无使用价值的物品，如桌椅、棉垫等予以报废；本院淘汰、别处能用的，支援山区学校。

另外，对库外财产，逐科逐室重新清点、登记，责任到人。破损不能用的、需要新添置的也摸清了底子。改进账务、完善出入库手续，明确了职责，开创了保管新局面。

晴空万里，中药房巧莲在库房门外翻晒药材。关爱对中草药略知一二，便和巧莲攀谈起来。正说中间，西药房改珍也来搭话。

"我看，管中药有点麻烦，既要清杂、炮制，又要经常晾晒，吃苦劳累不轻闲。"

"西药库器械怕生锈，药品怕过期或霉坏，心不闲，责任大。"

"唯有后勤保管，品种单调，进出集中，周期又长，做起来比较简单。"

关爱说："医院好似战场，疾病是敌人，患者是受害者，医务人员是战士，器械药品是枪支弹药，桌凳衣物是军需物资。咱们三人是一个战壕里的士兵，都是医护人员的坚强后盾。"

往回收拾时，关爱无意中发现货架上放着一本药典名著《本草纲目》，顺口就说："别看药库尽花草，一旦用上都是宝。今天有了新发现，货架上就有宝中宝。"

"你是说那本书罢？舅舅知道我干这行，上星期三从北京给买了一本《本草纲目》，看了一下，太深奥、太复杂。当保管认识药，叫将名就行了，学那么多有何用？你觉得好，拿去你先看，我看不看无所谓。"

"早就听人说这是好书，到底好在哪里，也不知。拿回去瞅瞅，长长见识。"

关爱好奇地拿到保管室，认认真真地看起来，有不少字认不得，但能懂得大意，越看越有兴趣。

自从看上"宝典"，她如饥似渴，卷不离手，家里的一切都靠妈，自己一心钻在书里面。白天有空一直翻，晚上看到十二点。什么药性、方剂、禁忌药，都一字不落地抄下来。后来，又在老中医那里借了几本。学得挺有劲，前后翻腾了近一年，才算松了一口气。

晚上，向星打电话回来，听说姐姐回来了，高兴得不得了，说明天正好休息，他要赶回家看看。

接完电话睡下，关爱心急火燎老睡不着，看着窗纸黑沉沉的，天还不亮，闹钟嗒嗒嗒地没完没了。想着向星人在路上走，还不到五点，摸黑穿衣想下床，不想妈妈也醒来了，她偷声缓气问关爱："今早咱家吃些啥?"

"向星火车又汽车，连续行程十几个钟头，又渴又饿，熬上点稀饭，烫上几张煎饼，就行了。"

七点一刻，关爱出门下楼去了，在进出的路上，边走边瞭哨。

"关爱，你在瞭哨啥呢?"邻居灵巧见她东张西望，张口便问。

"儿子说今早回来，等不得，顺便瞭瞭。你会说人，就不说你自己，这么早，你出来要干什么?"

"到我妈家。"

"这段又在忙什么?"

"弟弟快结婚了,过去照应,看有什么做的。"

"好事多忙。针线活,你是老手,家务事,又是内行。"

"不多说了,免得去晚了误事。咦,那不是你儿子吗?"

"可不,向星,妈来了。"关爱边叫边往儿子跟前走,"你真傻,带这么重的东西,不坐上个出租车。这是什么?"

"给小外甥买的手推车。"

"来,咱俩抬上轻省。"

向民听见楼里说话,像儿子的声音,就把门开开。

"爸,你在家?"

"带的啥?看把你累的?一家人早就等上了。看,比前长高啦,长胖啦,长得更好看啦。"

"姐,你也过来啦,先得看小宝。"

"小宝看见舅舅,心里乐得开了花,欢迎舅舅到了家,再看舅舅给你买的啥?这是橡胶小超人,看你会拿不会拿。这是一双粉花鞋,穿在脚上多潇洒。这是一顶小凉帽,戴上晒不了白脸脸。这是一辆手推车,修起坐上看风光。"

"向华,中午饭让成明也过吃来。抽个时间,夫妇俩和你弟向星一块拉一拉学习情况,指点指点,不敢放松啊。"

中午下班回来,姐夫成明一见向星就高兴地说:"呵呀,才两个月不见,就变得大气啦、俊俏啦!"

"人都到齐啦，赶紧准备吃饭。"

上饭桌期间，关爱就问向星："学校的饭好赖？习惯不习惯？"

"市场式餐厅，卖饭的几家，想吃啥有啥，任意挑选。"

向华说："学习上追求高标准，生活上不能低水平。"

成明问向星："学习环境变啦，你的感觉如何？"

"压力小啦，除听课外，自由活动的时间多啦。"

"课余时间，你做些什么？"

"初开始，觉得茫茫一片，好像老虎吃天，无从下手。后来，从高中三年奋战，才有今天的启示，懂得了在大学深造期间，如同唐僧西天取经一样，经历艰辛，取回真经，实现梦想才有希望的道理。"

"你的思路很好，要长计划、短安排、保重点、顾一般，循序渐进，功到自然成。"

关爱也说："注意劳逸结合，不打疲劳战。生活上反对奢侈，但还要舍得花钱。"

大家坐在一块儿你说这、他言那，好像向星成了说话的主题。

姥爷说长得更俊了，姥姥说比上学时瘦多了，爸爸说肚里的学识丰富了，妈妈说出了门比在家懂事了，姐夫说是不是把自己管得太严了，姐姐说学习刻苦是否过分了。

向星感受着家人的关爱，心里暖融融，他说："自己也有同感，从入学起，越学越觉得力不从心，可能自己对自己要求过高。"

爸爸问："从何说起?"

"我曾经想过,现在的大学生就业越来越难,除了需求量太小之外,主要还是本人的学识肤浅。考干考不上,推荐没人要,自找寻不上门。这就是说,要想摆脱这一处境,必须在学业、技能上下番苦功。第一,有资本,好就业;第二肚里有,好考研;第三要择偶,有人来;第四,有实力,才上进。"

向民点点头:"学习方案的确气魄不小,实施起来大有超负荷之势,爸为你稍加调理,开辟另一天地。

"学习方案,可分三步走:其一,集中力量为考研夯实基础,只要这步达到,上公务员就不成问题;其二,择偶不难,成家容易;其三,夫妇合一,开拓创业。顺着这一思路走下去,压力可能减轻一半,你觉得如何?"

"还是爸爸想得周到,主题突出,合人心意。"

"向星也不小啦,今日是一九九三年七月一日,正好二十四,比你姐向华小三岁。她的宝贝一岁多了,而你还没有对象,你说能不急吗?姥姥问你个题外话,不知该说不该说?"

"姥姥你说。"

"如今有不少学生家长扫探你,看准你,向你爸妈提婚,你说该怎么答复?"

"就说谁的婚姻谁做主,和别人说了不顶事。"

从家回到学校,向星的学习劲头更大了,论文、考绩,步步提升。

星期二下午一上班，娜娜说："工会王勇住院啦。"

关爱问："什么病?"

"听说是摔了一跤，造成髋骨骨折。"

王勇，新庄人，工会干事。初中时，关爱曾与他同校同级不同班。一次学校运动会百米赛跑，王勇是男子亚军，自己为女子冠军。赛事结束，王勇手持红花，走到关爱面前，毕恭毕敬地说："请允许我给你戴朵大红花，向你祝贺，向你学习，向你致敬!"

霎时周边响起热烈掌声，尖叫声、呼喊声此起彼落，什么"快来看""是祝贺""像求婚"的声音充满校园。

"新时尚!""校园风!"

关爱还未开口，接着又是一阵起哄：

"关爱夺冠，倾倒王子。"

"王勇之举，含意深远。"

"啥是含意，何为深远? 听不懂，再说得明白点。"

"就是献爱心、求姻缘。"

甭说啦，虽则有情，实际无缘。时隔不久，自己小病大养，休学回家。王勇上了工校。

"你们不知，旧情未了，新意又起。"

"说也奇怪，工作变动，从山川到了荣宁，问房子，恰巧同王勇家住在一道街，常见面，又走串。"

"看看，不妄说吧。"

"你们都是谈情说爱的专家，什么风趣事也能编出来。"

"谁不知，你也不是平庸之辈，在你面前摆嘴，等于班门弄斧。"

王勇入院第三天，关爱、向民一起到了病房。这时王勇术后刚醒，左腿疼痛难忍。关爱觉得缝上一个米袋垫在腿底下就比较舒服了。主意拿定，很快回到家里就缝，不一会儿就送到医院垫上，立竿见影，疼痛有点减轻。

隔了几天，又说髋部凉得厉害，关爱设计了一个特殊衩裤：做过手术的腿部缝成装驼毛的，另一部分缝成夹的，穿上既合身又暖和。

王勇住院期间，关爱天天去病房关照，看有什么需要帮忙的。时间长了，关爱看见他们的鞋垫都旧了，且缝得也不精工，问了个尺寸，在家里给纳了两对换上。

关爱的前后举动，王勇、家人很感激。

后来，王勇荣调，家属走时，关爱送了一对能放米面的黑瓷坛子，以此作为留念。

这几天，院里又开始评定职称。前天，娜娜参加了专门会议。文件说，凡符合职称评定条件的都可以申报。

关爱问："原为初级会计师，现在能不能申报中级药剂师?"

娜娜说："这个还真不清楚，谁还有什么不明确的，都提出来，咱们统一请示县职办。"

申报递交后，关爱没等县里培训，笨鸟先飞，再学习再深造的热情再次升温，对照药剂师的条款，逐项逐条检查，没学过的从头学起，不系统的拾遗补阙，在缺什么补什么上狠下功夫。

参加县里培训，又学了一段。在笔试中，关爱的成绩获得本院第一，其他考核均为优秀，已符合药剂师的要求。

一天下午，关爱上班刚走到医院大门口，突然有个庄户人家模样的中年人跟上来问："你是关爱吗？"

"是。你认识我？"

"你在完小念书时，就有印象。后来听苗老师说，你在县医院工作。"

"你有什么事？"

"我儿子生病了。上午医生看了一下说要住院，我带的钱不多，想投你说一下，先少缴点，住院治着，等借下钱再缴。"

"你能缴多少？"

"二百。"

"我给你们垫上二百，治病要紧，先把入院手续办了，待以后有了钱再给我。"

"谢谢你的帮助。"

"谢啥？乡里乡亲的。"话音刚落，娜娜从后面赶上来。

"关爱，听说体育场有一对外地来的年轻夫妇，舞跳得特好，看的人很多，明天早上咱去开开眼界？"

"特大新闻，正合我意。自幼爱好红火，哪里热闹哪里去。你要是有兴趣，咱也照猫画虎，模仿模仿。"

第二天早上，二人按预约的时间到了体育场。不一会儿，那对夫妇也来了。

看上去，男人英俊，女人漂亮，身高足有一米七八，像一片谷地长出两枝高粱，不胖不瘦端庄风流，天配一对，地造一双，身段苗条，着装得体，舞姿优美，气质出众，越看越爱看，越看越想学。

关爱说："舞姿再好也是学来的、练成的，不是娘胎里带来的。只要心里爱，优美舞姿照样来。"

"双人舞中分阴阳，咱俩一旦学起来，谁成阴来谁是阳？"

"你身高貌大阳气旺，不说也是姓阳的。我娃声女气，又瘦弱，适合给你当配角。"

"你说咋办就咋办，咱俩很快进角色，这里集中精力学舞步，上班有空慢品再深造。"

上了班，桂梅到保管室领手术衣，发现了关爱、娜娜跳舞的秘密。

"这不是什么秘密，是目前社会上最最流行的艺术体育活动。"

"谁能与你们相比？你们是咱院的风流才子，追赶时尚、不甘落后的佼佼者，又是众人刮目相看的美女。"

"舞蹈并不是私有财产，如若心爱，老辈愿为你尽情服务。"

不几天，关爱们的秘密传开了，惊动了院工会、妇联、团委，他们一致认为这是为活跃职工文化生活开出了一条道路，便联合起来，请教练选场地巧安排，一场学舞热风生水起，霎时遍及全院。

这月中旬是保管上最轻闲的时候，关爱和娜娜坐下瞎拉。

正在这时，中药科的李医生来到保管室，见关爱无事就问："关爱，你退休以后有何打算？"

"我这马大哈，懒得动脑，哪里黑了住哪里，碰上啥事办啥事，省心省时脱日日。"

"我了解你。医院学过临床，村里当过赤脚医生，咱医院获得中级药剂师职称，开个诊疗所也不错。如看下我给你坐堂去，为你效劳？"

"一医二官三铁匠，谁像你，即使退下来也很吃香，不知有多少人敬恭。"

"不是瞎说，你有条件办，而且一定能办好。"

"办诊所，也想过。农村办，独家经营，还凑合；在县城办，多头竞争，怕立不住脚。城里人命值钱，有病找的是名医，根本看不起诊疗所，徒有虚名，并不赚钱。"

娜娜说："你办诊疗所不如开缝纫店。家里比较宽敞，不用在外面租赁门面。母亲能缝能裁，本人能赶潮流，新老结合，商家一体，既有生意又赚钱，稳扎稳打，没风险。"

"你想得很好，我就倾向干这行。守住家门，有缝的，我妈也上手；没活干，照顾父母也方便。既轻松，又自在。"

李医生一走，娜娜就说："这段手术病人不少，需要再做几件手术衣。"

"要几件，还用什么，你说说，好做预算。"

三八前夕，关爱一早起来，吃了饭，不到七点就去了单位。老远就见院妇联主任肖继英又喊又招手，让上中巴车等候。不一会儿，人都来了。

肖主任宣布："今天，我们去刘胡兰烈士陵园，现在就出发。"

这是一支特殊的团队，十八位都是女的，小的搀扶老的，老的带动小的，彼此关顾，既安全又红火。

关爱说："今天，来的咱们几位说大不大、说小不小的工作人员，觉得往日并没有什么特别贡献，院领导、妇联会却十分器重和关爱，外出参观又派专人护理。越是这样越觉得身上的担子重，希望值越高。咱们只能尽心竭力，把工作做得更好。"

青年团员陈明明说："人的生老病死，是任何人改变不了的客观现实。今天，你退离，明天我下岗，在位的不必趾高气扬，退下来的也不要失落悲伤。漫漫人生路，颗颗事业心，携手共进，做一个有益于人民的人。"

傻汝说："离岗不离心，藕断丝连，在时常见面，离开多相会，有事常来往，青春割不断。"

大家说说笑笑，不知不觉就到了烈士陵园。

跟随馆内解说员，她们瞻仰了刘胡兰烈士墓，参观了烈士事迹陈列馆。关爱、建平等五位党员在烈士塑像前面对鲜红的党旗，庄严宣誓，重温了入党誓词，进一步增强了党性观念。

乘车返回时，顺便逛了县城，有的还买了一些土特产品、儿童玩具。妇女主任还发给每人一瓶汽水、两个烧饼。

上了车，人们不约而同又沉浸在一片欢乐之中。

关爱刚喝了两口水，话匣子就又开了。

"今年的三八妇女节，过得红红火火，特有趣，饱尝了革命教育大餐，又吃了五谷杂粮烧饼，转了县城，见了大世面。"

兰兰接着说："出来总比机关好。常住机关，如同囿于动物园、住进绣楼里，走的是常规路，做的是常规事，只有患者呻吟，没有欢声笑语。"

这时，肖主任又有吩咐："同志们在刘胡兰烈士陵园听了看了，有什么感想，都来个实话实说。"

考虑是允许的，但不能一直沉默下去。

关爱首当其冲，在沉静中爆发了心声："我是直肠子，心里有话，老存不住。现在应主任要求，再说几句。毛主席对刘胡兰烈士有顶级评价'生的伟大，死的光荣'。咱和人家不敢相比。但胡兰精神永远是我的学习榜样，一要爱憎分明，二要助人为乐，三要多办实事，四要与时俱进，做一个有益于人民的人。"

翠珍说："咱的服务对象主要是患者，学胡兰精神，干英雄事业。我要把患者当亲人，热情关照，救死扶伤，消除疾病，竭力减轻患者的痛苦，帮助提高全民体质，这就是我的职责，这就是我的愿望。"

保平开口："我是医疗后勤，直接为患者、医疗服务，让他们满意，就是我的责任。"

翻娥亮腔："不听不知道，听了心里跳，胡兰真伟大，自己太渺小。本人大事做不来、小事做不好，说句心里话，不求有功，但求无过，尽了本事，就满壶烧酒了。"

肖主任小结时说："这几人的肺腑之言再次证明，这次革命传统教育课上好了，这就需要精神化为行动，一如既往，做好各自工作。"

"妈，我是向星。"

"听见啦。"

"明早八点，坐火车就到站了，这次还带了女友。你对我姐说说，让她家的车到时接一下。"

"好啊，你们相互关照，安全到达，全家等待这一幸福时刻。"

第二天一早，成明早早赶到车站把向星和亚飞接回家。关爱和姥姥一看，亚飞个子高挑、皮肤白皙、口齿伶俐、端庄有礼，真是个好姑娘。招呼他俩吃完早饭，稍做休息，让成明带他们出去玩玩。

前后四天，车轮不停，转了好多地方，革命圣地、文物古迹、自然景点等等，美景尽收眼底，心旷神怡。

　　通过几天的接触，关爱感觉很喜欢亚飞，私底下跟向星商量，专门去一趟省城，跟亚飞的父母提亲。

　　准备好家乡的红枣、核桃、花生等土特产，向星和亚飞返回省城。见到亚飞父母，向星转达了父母的问候，并诚恳地表明了自己的心意。二老早就对这个准女婿十分中意，见他言辞恳切、真心实意，便说："你和亚飞真心相爱，我们做父母的岂有不同意的道理？只是五一临近，时间紧迫，怕是有点仓促啊。"

　　向星把对方的意见带回家和爸妈商量，爸爸说："婚姻之事，向来涉及两家，光咱们同意也不算。"

　　妈妈讲："连订带娶，喜上加喜，简便、热闹、省事，又合孩子们心意，何乐而不为？"

　　姥姥一边插话："人家是高门干部，在省城经得比咱见得也多，人家说行，咱有啥不行头？"

　　向华接着说："庆五四迎新婚，是千载难逢的良辰吉日，孩子们能参加集体婚礼，适时运，有福气。咱就定在五四吧。"

　　众人你一言他一语，说法不同，实质一样，集中起来一句话，希望他俩五四结婚。

　　恰逢周末，男女双方父母会面，对接成婚一事。开席前，向星爸主动征求亲家的意见："孩子们想五四参加省城的集体婚礼，咱两亲家商量看行不行？"

　　"我们商议过，时运有加，好戏连台，就按孩子们的意图办。"

"可是这么做，孩子们倒心满意足，做父母的未免觉得太草率了，该走的礼节远远没有走完。在此，代表全家向你们表示歉意。"

"亲家，你不要这样想，礼节再多再烦琐，归根到底还是为孩子，孩子们高兴，说明咱的婚事也办好啦。快来坐，咱们边吃边聊。"

席间，向星给岳父、岳母及长辈分别敬酒，改口称呼，情意浓浓。

五月四日，中午十二点，向星和亚飞手牵手、肩并肩，缓缓步入殿堂。掌声阵阵，祝福声声，在亲友们的共同见证下，二位新人喜结连理，开启了幸福美好的新生活。

# 五

关宏，三岁上没了爹，十五上没了娘。三个哥哥陆续成家，一个姐姐也已出嫁，如此，成了无人恩养的孤儿，这家住几天，那里吃几顿，忍饥挨饿，风雨飘摇，总算长大成人。

十八岁那年参军，去了河北，先服兵役，后当志愿兵，前后干了十二个年头，如今复员回乡，与堂姐关爱家常来常往。一边等待县民政局安置；一边让姐姐给他租房，准备城里安家。

这样一来关爱一点休息时间都没有了，一有空就走街串巷，打问寻找，倒是见过几间空房，不是出行不便，就是房子太小，不合心意。这天，在城南找见一处空房，一问房主，回答是"只出售，不外租"。

两孔土窑砖内碹，独门独院，关爱一眼就看上了，要是买成，自然比租赁更好。于是，她跑到熟人美容家里打听。一进门，香气扑鼻，美容的老公郭大增正在吃饭，见关爱去了，赶紧把汤、糕端在关爱跟前，说："请到不如遇到，凑热吃吧。"

本来关爱刚吃过饭，根本吃不下去，见是油糕，就又尝了几个。她一边吃一边说："刚进门，就看见嫂子身体挺棒，红光满面，勃勃生机。"

"还不是妹子的功劳。"

"妹子算什么？主要是大哥服务周到。对了，老郭，你是否认识前街城墙上住的那个胡工头?"

"认识，他叫胡生发，河南人，经常见面，也打招呼，就是没有一块处交共事，不太熟悉。"

"听说他先修房，现在又要卖房，到底是怎么回事?"

"早前见他出地基、备下料，修了几天，后来不知什么原因，停了下来。听人说是城建部门不让修。"

"生发的房子是自己修的还是买的?"

"两方面都有。开始是向左边的邻家买的一孔，后来右边还有半孔的地基，和右邻家协商，生发给人家修了个窑桩，人家让给他半孔窑基，又自己新修了一孔。估计手续都有。"

"原来胡工头与邻家都有交往，说明关系不错，现在为什么一下成了冤家对头?"

"胡生发个高、体瘦，戴副近视镜，心地善良，从河南逃荒来到此地，以打工为生，没几年就学会了领工本事。后来，与南关刘桂莲结婚，买窑建房，过上了美满生活。生发领工常年在外，不理家务，一切全靠桂莲关照。可是桂莲不会领家执事，对人少言寡语，对事非常刻薄，自认不凡，见不得穷人，久之，脱离群众，人们敬而远之。地房修建开始后，得不到左邻右舍的支持，反而是左挡右堵，把院子吊在空里，一家人走投无路。"

"看来这处地房有点隔杂，你说敢买不敢买？"

"地房来路正当，手续齐全，为什么不敢？我给你当说合人、中介人，你还有什么需要之处，尽管提出，我全力以赴。"

"那好，全家要好好谢谢你。"


"关宏，姐给你租房，幸运地碰上卖房。听房主口气，这两孔窑洞至少也得六千元。你要很快筹措资金，抓住这个机会，力争尽快到手。"

"姐，你还不了解我的摊账？父亲手上，家贫如洗，遗产没得一分；刚满十八岁，为了生存，才参军入伍；在部队追求进步，先义务后志愿，仍然两手空空；如今复员返乡，虽说给了一些安家费，待安置下来，所剩无几。机会再好，也望尘莫及。下一步，只能看你啦。"

"你自己拿不出来，还能向亲戚朋友抓借，千万不要失去机会。"

"我也想过，亲友中，有的不如我，心有余力不足；有的就算还可以，也恐怕不想掏票子，这就是一文钱逼倒英雄汉，口再大也吃不了热馍馍。"

"如若你真的得不来，我挤剥的先买下。"

关爱回到家里，见人都在，凑住召开家庭会，集中商量买房问题。开始，关爱把房主要卖房的情况说了一下，接着说了她要买房的想法。

提起买房，向民也同意，问题是怕左右邻家出来阻拦。

"这不可能。房子的产权是胡生发的，胡要卖，咱要买，合理合法，出面阻拦，毫无理由。霍家宝和向民是上下级关系，即使想堵，也不好意思。"

关爱妈说："向来是恶鬼怕凶神，只要行得端走得正，敢作敢为，何惧东南西北风。"

向民一贯不打无把握之仗，便把法院的老同学赵明、检察院老同事钱源请到那处窑洞面前，介绍了有关情况，征求他们的意见。

赵明说："看来房子手续合法，你应打消一切顾虑，放大胆子买下。"

钱源说："这处地房能买，只要你原始凭证在握，新立契约搞正，到什么时候也不怕。"

经过几天的认证、商讨，关爱认为万事俱备，只等下令，晚上，把甲乙买卖双方、左右邻家、说合人、中介人、立契人都请到胡生发家中，付价五千八，依规蹈矩，高高兴兴地收付、签字、成交。

房子买下了，暂让堂弟关宏居住，可是路成了问题。关爱考虑，门外不能修，倒不如用现有的石料垒成一个台阶，这样，不求张三李四就能走路，且安全好看，不是两全其美吗？这个想法实事求是，自家就能办到。关爱、向民一齐动手，利用中午休息时间，一鼓作气，就垒起三层。

次日清晨，关爱起床刚一开门就傻了眼：昨天垒好的台阶已被拆毁，石头搬得圈了地，里面还种上了玉米。她赶紧把隔壁庆元妻叫来说："你快来看，不知谁把这儿闹成这个样？"

"不用看，是我。"

"为什么？"

"这是我家的地皮，我想咋就咋。"

"有依据吗？"

"没有，是老人们传下来的。"

"就算老人手上传下来的，也不能这样绝人之路？"

"反正，原来就是这样，具体情况我也说不来。"

"算了，不和你争啦。就咱俩，争上三年也不会有公正结果。"

关爱一气之下，回到家里就写申诉，送给了城市监察大队。

监察大队雷厉风行，马上派了徐龙、凤斌两人到现场办公。二人看了协议，走访了一些群众，明确宣布：院内东西七米以外地皮属于公有，任何人未经批准，不得私自占为己有；根据城市建设规划需要，这里新规划了两米宽的一条公有道，以便于四邻行走。下达裁定书，广大群众拍手叫好。

一波刚平，一波又起。还是庆元之妻亲自出马，趁关爱家里没人，把北面院墙拆了一多半，砖头扔了一院。关爱夫妇下班一进大门，大吃一惊，不知出了什么事。

关爱说："不要怕，这是狗翻肠，旧病复发，吃上一剂法制良药，很快就好了。"随后，她向法院提起了申诉。

法院作了查证了解，将原告、被告传唤到庭。

法官严肃指出，被告拆了原告院墙是侵权行为，被告必须承担民事法律责任，修复被拆毁的院墙，负担三十元诉讼费，且重申，今后双方不得发生类似纠纷，违者依法处理。

经历了几次波折，关爱加快了进度，按时缴纳了水、电、垃圾费等相关费用，还找人到县房地产交易所缴了房产交易税，办齐了相关的房产手续。


一晃就是十多年，关爱听人说，城墙上的住房要普查登记发证了。

关爱早早地把房子的手续准备齐全，交了上去，才几天就收到了房屋产权证，兴奋得不知说什么是好。

一九八九年六月的一天，关爱收到县城改造建设指挥部的拆迁通知，立即通知关宏及早准备搬迁，不过也不要太急，赶七月一号以前搬开就行。通知指出，以后的安置顺序以搬迁先后确定，看来事不宜迟，越早越好。听说院邻高清亮大女儿家还有空房，过去一问能行，简单收拾一下就搬了。

房屋腾开后，指挥部立即来人对拆迁项目现场逐一进行了勘验纪实，并绘制了拆除草图，当即拆毁。按通知要求，提前十二天搬迁，名列第七，关爱高兴，指挥部满意。

在第一次安置会上，有四十多户发言，选择一次性经济补偿的不多，多数要求安置房安置。关爱选择了要房基地自建安置形式，提出四间，并在版图上选定了方位。后来，因主管人变动等原因，一直没有落实。

好端端的一处房子，说拆就拆，能不心疼吗？说是优先安置，就是落实不了，能不心急吗？为此事，关爱坐卧不安，不知找过多少次承办人，不知问过多少次领导，答复很好，尽快解决，就是迟迟不能兑现。就这样，拉拉扯扯，拖了一年又一年，在拆迁户的强烈要求下，领到了二年半的安置补贴。

一天，关爱上街买菜，挑选中间，忽然看见房产交易所的许新平，她赶紧放下手里的白菜，上前与新平躲在一边聊天。

"这段地房纠纷平息啦？看起来，你比前段年轻了好多，漂亮了好多。"

"估计再没什么了，好像钟鼓楼的麻雀，早就惊出来了，即便有，也不可怕。"

"看把你牛的！我再问你，现在你家住的是公房还是私房？"

"是公房，又有啥事？"

"你真幸运。现在住的公房，很快就要改制。公家补贴一块，个人负担一块，公房变私有，房子产权归自己。往后，房子上的一切费用，公家不管了，全由个人承担，你就安心享福吧。"

"你就不说，还得掏票票吗？"

"你真心狠，公家的房子能白给你吗？"

"甭说了，该买菜了。"

"我家里有，你买去吧。"

"既然不买，到这里干什么来啦。"

"随便看看。"

向民下班刚进门，关爱就迫不及待地把公房变私的喜讯广播开了。

向民说："我早就知道了，现在类似这种情况不少，大部分按兵不动，实在催得不行，再改也不迟。不过还得早点准备，迟早要走这步棋。"

一拖六年的拆迁安置终于有了结果，划给房基三间，交通便利，离街又近，邻里对视，比较满意。

连日来，关爱喜忧参半，心事重重，坐卧不安，老虎吃天，不知如何下手。

要知心中事，先问乡下人。关爱花了一天时间，走访了本小区地基相同、修起住进的几家，从外形看，修饰不一，各有千秋。

先去修得最好的一家。房主张师正在看电视，听了关爱上门的意图后，客气地起来让座，拉开话匣便说："修房时，听上朋友亲人的忠告，一味追求时尚，地下室全覆盖，二层西边北面起挑檐。室内设计卫生间，铝塑钢窗架，保险高级门，楼梯栏杆不锈钢，房体贴瓷板，水泥硬化院，高围墙铁大门，还有厕所、小车房，设施齐全，也不落后，前后花了五十多万，票子如流水，忙得晕头转向。"

"是出包修，还是个人经作?"

"自己供料，包工经修。"

"地下室取暖怎么解决?"

"靠暖气管道取暖。要是装上暖气片，供热公司就要收你采暖费。"

"电又是怎么安的?"

"我用的是三项电，电价虽然高了一点，可比居民用电保险，不用受超负荷停电的痛苦。"

"你的房子修得真好，我很羡慕。如今师傅也成了修建专家，我要拜你为师，有事向你请教。"

"评价太高了，不敢当，你如有用着我的地方，尽管说，我大力帮助。"

"那好，再见。"

出门又走到平平家。平平刚下班到家，正准备做饭。关爱只身一人，做了自我介绍，说明来意。

平平得知是拆迁安置户，不免同情起来："不瞒你说，我家的房子修建是按家底铺排的，室内没设卫生间，东侧没修起挑檐，房体外面只用水泥抹了一下。院子没硬化，砖混围墙，简易大方，就这样，花了近四十万，外债欠了一屁股，成天愁得还不起。"

"你的房修得不错，要是我能修成这个样，也就心满意足了。"

"没有实力就不敢攀比，我就吃了这个亏。"

"你提醒了我，这得好好谢谢你！"

"不用谢，以后常来就好了。"

关爱出来顺路又看了一家，这家修得最简朴，砖混结构，清水墙体，没做挑檐，钢筋护栏，室外厕所。一进门，宋莲就迎上来，笑着说："什么风把你刮来了，快来坐下。"

"最近我也有了安置房基了，可是手中没票子、心里没样子，想修，不敢动。你比我强，修好人住里，真了不起。"

"关爱，你还不了解，我的房子是用债务修起来的，凭实力，再过三年也修不起。一旦动了工，就得一鼓作气往起修，停下来，一怕耻笑，二是得不偿失。"

"实话对你说吧，要是动起来，遭遇不比你强多少。"

"你该看见了，光盖个房子，外面还是野滩，要是全立拉起，三十万也不够。"

"这我清楚，不吃苦中苦，难得甜上甜。你享你的福，我自愁我的。"

不论好中差，都说修建难，人家动手早，还花五四三。针对经济状况，关爱的主导思想是注重实用，高于三类，修室内卫生间，上保险门，起东北挑檐；少欠债务，低于二类，控制投资不超三十五万。就这个数字，对关爱家来说，也是难于上青天。

究竟如何办？关爱拿出三套方案：一是推后二年再修，二是先修土建，三是负债完工。

就此，她征求向民的意见。向民说："推后修的做法比较稳妥，可也有风险，积攒的一点钱恐怕抵不起涨价因素。先修土建，有了钱再说，也不合算，唯一的出路是第三条，可是资金缺口太大，一时能抓借来吗？"

关爱妈看见女儿发愁，向民也没有好的办法，便接口道："第一套方案就好，至于涨价，水涨船高，这个不要怕，现有积累，加上拆迁补贴，足够投资的一半。今年我计划回公社办缝纫店，二年能挣十来万。你们夫妇节俭点，也能齐凑十来万。如果能找上个好工队，三四十天就拿下土建，到时采取提前预租房子的办法，再收上些租金弥补，还许能行。"

第二天，关爱妈就动身回村商量。关爱爸听了，觉得想办法赚钱来资助修建的想法很好，可是再办缝纫店不行，因为如今不比十年前，村里人比过去富有了，看不下村里缝的，动不动就到城里购买名牌，设想再好，也实现不了。

"除了这一手，还有什么赚钱本事？"

"这几年，渐渐老了，地里的活计不行了，不如城里摆摊，既赚钱又轻省。面向小学生，摆个小食品摊位，再不行，一天也能捞摸百八十元。如行，两口上手，就更好了。"

向华在医学院上学时间也不短啦，今年学校让学生自行联系县以上医院实习。这段正好在家等待，听说家里要修住房，又收拾钱，又打听工队，向华记起同学丽娟的父亲在专建工作，近几年不上班，在社会上揽工搞修建，何不和同学说一说，让他父亲承揽修一下，想着想着，一早动身就来了丽娟家。

丽娟刚吃完饭，正准备上班。看见向华急急忙忙来了，丽娟爸就问："你有什么事？这么早就来了？"

"最近家里要修房子，发愁找不下个好工队，先过来问一下伯伯，看有没有空，肯揽不肯揽。"

"在什么地方？几间？"

"在莲花安置新区，三间。"

"向华家的事，怎能不揽？回去告诉你妈，要修，越早越好。"

丽娟妈妈、哥哥、丽娟都说，修房是好事、喜事，听了真让人高兴。

"谢谢你们！"

"快回报喜去。"

向华推门进屋时，关爱正问向华去哪了，向华高兴地说："刚才去了一趟丽娟家，说了一下咱修住房要雇工队的事。"

"你为什么要和他们说？"

"你不知道，丽娟爸在专建上班，长年累月在外包揽工程，我问她爸肯不肯给咱修，她爸满口答应，说要修，越快越好。这不追上我回来给你们说。"

"女儿长大啦，是啥时学会办事的？"

关爱妈高兴地说："人家肯帮咱，这是大家的福，要赶快请人家具体商量。"

向民说："人家来了，第一要欢迎，第二要交家底、谈想法。"

"向华，你再去丽娟家，告诉你伯伯，让他明早八点在开发新区工地相见。"

凌晨，天还没亮，向华就听见关爱翻来覆去睡不着："妈妈，你醒来了？"

"醒来一会儿了，再怎么也睡不着。"

"今早上咱早点吃饭，我先去丽娟家叫成伯伯，你到莲花小区对舅舅说，咱们在工地集中，你看行不行。"

"行，闺女想得真周到。"

"那不是向华？相跟的那两个人，不知是不是搞工程的？"

爸妈和舅舅迎上来，满面笑容，齐问："你们来了？"

"这是成师，丽娟的父亲，这是技术员小王。这是我妈，叫关爱，这是我爸，叫向民，这是我舅，叫关宏。"

"就是这三间地基，成师说过，动工越快越好。你们有经验，啥时动工比较好？"

"今天是初八，十三就是个好日子。"

"现在还没有图纸，恐怕来不及！"

"三间房基，修过不少。现成图纸也有，搁不住事。"

"不知得多少钱？"

"这要看你怎么修？工料全包，少说也得三十五六万。"

小王随即就把图纸预算给了关爱："你先看看，怎么修，你再考虑考虑。"

"何时动工，就按成师说的办。早上九点怎么样？"

"可以。"

"关宏，你抓紧联系解决工地的用水用电堆料问题，不能影响施工。姐和向民去专建找成师、小王核实图纸，签订合同。"

"这份图纸可以用，但有些项目要变更一下。不搞瓷板贴面，改成砖混清水墙体。再新增两项：一是室内卫生间，二是二层东边新起挑檐。院墙、大门暂不考虑。这样一变动，总投资会怎样？"

"小王大概核算了一下，基本没啥变化。"

"先就这么定了。往后还有什么修建，重新协商。"

"好，图纸就这么定了。"

"整个工程，包工包料一包到底，乙方让关宏协助，负责有关事宜。开工时，先付二十万现金，到土建完工，再付十万。力争四月底交工。你们看，行不行。"

"其他没有意见，双方正式签订合同，付诸实施。"

"姐，工地的水、电都接好了，料也进开了，昨天下午来了一个后生，说料场是他的地基，让赶快腾开，他今年要修，工队也雇下了，两三天就要动工。"

"不知这个人做什么、在什么单位、人怎样。"

"好像就在城建局，有个舅舅，说是城里的痞子，一般人不敢动。"

"和你姐夫说一下，让他赶快想办法说合一下，请人家让上半月二十天，待把地下室修起就好办了。"

向民托人说了，又登门拜访，好说歹说，人家才答应再推后一个月动工。

晚上睡下，成师对老伴说："我真羡慕向华一家，以前她爸在山川县工作过，是个科级干部，近年调回地委组织部，印象很好，下一步提拔，成了县级干部，年轻有为，前途远大。她妈是县医院的后勤保管、药剂师，领导赏识，群众爱戴，知文识礼，平易近人，这段因修建接触过几次，脑子好使，泼辣大方，精明强悍，是个好样的。姐弟两个，弟弟上高中，优等生，班内前几名。向华今年二十五岁，比志明小四岁，挺有作为。她听见家里修房子发愁找不下一个好工队，没和娘说，就跑到咱家，想让我包揽修建，你说懂事不懂事、厉害不厉害?"

"向华不知看下看不下成明,喜欢不喜欢咱这家,如情愿当咱的儿媳妇,该多好。"

"咱再熟悉熟悉、了解了解,等咱给她修好房子再说。"

"那你就得修好,如资金不够,你就答应给她家垫上一点,往后婚事不成,情意还在。"

"你不说也清楚。这回总要让向华高兴,全家满意。"

十三日,阳光灿烂,大地生辉。关爱的拆迁安居房在礼炮声中动工啦,全家人欢欣鼓舞,拍手叫好。

当晚九时许,挖掘机、翻斗车开进工地。挖机刚刚起动,就被周围居民堵住了。

"这是拆迁安居工程,市城建局批准修建,为什么不让?"

众人你一言,他一语:"不是不让修,是担心你的大型机械压破路面,损坏地下设施。"

领工的成头说:"既然你们知道是拆迁安居修建,你们都一样,可以说是同病相怜,应该出面支持,更不该有此举动。自古道做事难免有不是。请你们放心,坏了能修,毁了包赔,请你们谅解。"

这么一说,大部分居民散开了,但还有姐妹二人堵住不放。

"既然你们堵住不让,总有理由,来,咱们一个一个地协商。

"走,咱到你家,你有什么心里话,尽管说。"

"现在房顶漏水,请抽空收拾一下。"

"还有什么做的，请说。"

"没有了。"

"这好办，我答应你，这几天还没耍开泥活，过几天就修。"

"你妹叫什么?"

"秋菊。"

"好，秋菊，你有什么要求?"

"实话实说，昨天看见供电所所长亲自给你们工地接电，认为不是一般关系。儿子已婚，要求单独立户，安个电表，请你们帮助一下。"

"行，想办法说和，尽快给你解决。"

终于说通了，总算能挖了。本来三四个钟头就完事，结果拖了一晚上。

"关宏，现在修成啥样啦?"

"地下一层正准备盖顶。"

"质量如何?"

"我外甥懂基建，又是钢筋上的内行。前天把他叫来看了一下，他说施工没问题，钢筋曲折规格，摆放密度、绑扎专业，水泥、砖、砂等质量不错，工头认真负责，经作得井井有条。"

"你在莲花小区住过，对拆迁户大部分认识，你要多操心，随时观察他们的动向，麻烦越少越好。"

"经常在工地周围扫瞭。工队人手一劲，成头善于用兵，抓得也紧，才七八天，地面一层也开始打造模型。昨天，西面住的老大爷过来堵住，不让起二层挑檐，我们说会考虑，暂时打劝回去了。"

"处理问题一定要诚心善意、以理服人，甚至经济补偿，尽快疏通，不能搁住事。"

"昨天和工头已经去过了，拿上礼品看望老人家，并把了解到的类似情况说了一遍，他主要是嫌挡光，可这个巷里还有几家也是这样修的，好说歹说，老人家还算通情达理，答应可以修，但要求把墙面弄成白的。"

中午，关爱在家做饭，听见敲门声，向华上前开门，见一楼白阿姨来了。

"你妈在家吗？"

"在。妈，白阿姨找。"

"呵，白巧珍，快来，请坐。怎么有工夫闲游？"

"无事不登三宝殿。大概你也看见了，这段时间咱单元对面，兴盛市场正在搞开发。西边要修七层高楼，这样就会影响咱们的光线，尤其是这个单元更为严重，我家你家又是重灾户。几天来，咱院不少人集中起来到他们工地，强烈要求降低楼层。你要是顾上，也去。"

"今天是星期五，把机关打紧的事安排一下，再请上几天假，从后天起，咱就拧住他们不放，不获全胜，绝不收兵。"

"你谋心大，有办法，爱和你打交道，就说这些，也回吃饭去。"

"这几天工队顶得很硬，说什么上级批准，城建局允许，监察大队放线，修建合法合理，任何人不得阻拦。"

"一棵树上吊不死人，和他们说不响，重寻个哭处。"

去交涉的人回来坐在一起，商量对策。

关爱说："上访要做到事实清楚、证据确凿、以理服人。现在，咱的人分成三路准备'枪支弹药'：一路，重新丈量土地，与图纸对照，看有无扩大；二路，测算建筑用地，占总面积多少，密度多大；三路，书写打印上诉状，户主签名，联合上访。计划后天上午八时集中上访。"

信访办高主任亲自接待，随即通知有关单位领导、工作人员到信访接待室开会，公开听证、答辩。

"我叫关爱，首先同意上述同志的申诉，趁此再说几句。工队建筑存在许多不合理：一是建筑占地达到百分之七十八点九，超过国家规定，密度太大；二是楼层高度超两旁建筑距离十五米以上，影响光线；三是基建下线西北部超过图纸八十厘米，属于违规。这些问题不解决，就会影响不少住户采光，影响居住质量和出售价格。原称六十万的住房，现在不值四十万。住房光线问题、贬值问题，究竟如何处理，也请公开答复。"

市场办郝主任好像平时的威风没有了，心平气和地说："回去向领导反映，核实问题，集体研究，进行反馈。"

另一些上访的同志站起来说："这些问题好像秃子头上的虱

子——明摆着，不要推三阻四，盼得是只争朝夕。"

当天晚上，兴盛市场建筑工地灯火通明，机声隆隆，工人们正在抢修。不少居民集中去工地阻挡，尚未进入工区就被一伙人拦住，有个年轻小子质问："你们不守信用，问题没有解决，为什么强行施工？"

话音未落，工地上过来几个黑汉，抓住小伙子就打，一边奶奶看见孙子被打，赶快过去拉架，又被推倒在地。工头怕引起混乱，速将大娘和孙子送到医院检查治疗。

关爱问大伙："面对当前情况，是偃旗息鼓还是重新开张？大家意下如何？"

"争来争去，怕没有好结果，不如趁早收场。"

"看你说的，挡住阳光，住房贬值，有依有据，并不妄说，怕什么？"

关爱觉得这段纷争主要有两个焦点，一是阳光，二是补偿。要是松下来，就这样忍了，别人就会耻笑。要有必胜的信心，只能前进，不能后退。现在不能再用大兵团，应以少胜多、以女胜男、以理服人。

五女小分队组建出发了。兴盛市场办的大门不让进，电话联系，要么不接，要么接住不理。看来守株待兔无指望。正在"山穷水尽疑无路"之时，忽然，关爱看见市长的小车过来了，便招呼大家"呼"地一齐跪下挡住小车，司机下车便问："你们为啥挡车？"众人七嘴八舌喊冤叫屈，说了一大堆问题，请市长解决。

"你们起来吧。我向市长反映，请你们回去等待答复。"

不一会儿，城建部门的铲车开进工地，二话没说，把北面超出规划的建筑推倒，勒令工头停工。

次日，兴盛市场办召集影响最大、受害最重的单元住户代表协商解决。

总工说了他们处理问题的具体方案：东部南楼最高一层削减北半块，只修南半楼，把挡光程度降到最低；西北角的地基不动，西楼楼层不变，产生问题用经济补偿的办法解决。

单元负责人说："听了方案，觉得解决问题有诚意，具体办法也可行。"

关爱说："受害户要的是阳光，并不要经济补偿。"

"基建造成的问题损害群众利益，我们也有责任，有些容易补救，有些比较困难。不管怎么样，除了道歉，还应补偿，请大家谅解。"

"你们的处理方案，我们带回去通知大家，如有不同意见，再行反馈。至于补多补少，不讨价还价，请你们自己定，相信能让大家满意。"

走出大门，谈判负责人问关爱下一步怎么办。

"征求众人意见，今晚召开单元户主会议，看他们的处理方案行不行，要是赞同补偿，顺便商定如何合理分配、具体分配比例怎么确定?"

晚饭后，单元户主陆续来到关爱家里，关爱扫视了一下，对主持人说："户主到齐了。"

"现在咱就开会，先让关爱同志说一下最近情况。"

"自咱们遇到市长后，当晚，城建铲车摧毁了违章建筑，分区对反映问题做出处理：东楼顶层只修南面半块，西北违章不好处理，用经济补偿。大家看这样处理行不行？还有什么要求，都可以说说。"

"解决到这步，就满壶烧酒了。"

"这场纷争总算有了结果，我们胜利了。"

"这里面，关爱立了大功，信访听证会上，关爱提出三个问题、一个要求，大杀与会者的威风真不愧是女中豪杰、巾帼英雄。"

"还有没有不同意见，如没有，大家可以根据受害程度提个分配比例，便于落实兑现。"

霎时，会场鸦雀无声，你看我，我瞧他，谁也不肯说话。

"你们谁也不吭声，总不能一直沉默下去。现在房子没修起，好像看不出受害程度。假如房子按设计修起，以楼梯为轴，是否西半楼受害重、东半楼次之？按楼层说，其受害，一层最重，二楼次之，三楼一般，四楼较轻。"

谈判负责人说："先把东、西楼的比例定下来。初拟三个：三比七、三点五比六点五、四比六，哪个合乎实际，请大家选择。"

"我选择四比六。"

"我选中间，即三点五比六点五。"

"就选择四比六吧。"

"谁还有不同选择？"

"少数服从多数，不言表示默认。现在重申，东西比例就以四六开吧。"

"同意。"

"行了。"

"就这样吧。"

"下一步具体分配，以东西两组进行。"

这几天，关爱参与外面要光线、要补偿，顾不上家里修房子。今天，抽空去了趟工地，一看，呀，几天不见，又高了这么多。

"成总，人们说修房子接近尾声，都要举行封顶竣工仪式，有些地方叫'合龙口'，说法不同，实质一样，都是鞭炮轰鸣、掌声不绝，热烈庆贺工程胜利竣工，咱在啥时？"

"后天就差不多了。"

"关宏，你来，看有啥准备的，你拿张纸，给咱记清楚，小心漏下。这天还准备红火一下，让全体工程技术人员吃顿饭、喝点酒，好好地庆贺庆贺。另外，还想趁此再请一些人：工程上麻烦了人家，需要答谢的；下一步需要人家帮忙，事先请的；左邻右舍常打交共事，需要熟悉的；还有工程纠纷，需要疏通的，到时都叫来。关宏，你要事先把请的人列出花名来，还要联系饭店，看订啥饭、用啥酒、买啥烟，都要心中有数。兵马未到，粮草先行嘛！"

建筑工地，红旗飘飘，机声隆隆，拆迁住宅在鞭炮声中合龙啦。这是全家的幸福，也是小区的荣耀。

关爱夫妇红光满面，神采奕奕。饭店里，关爱说："现在把大家请来，一是对同志们的辛勤劳作表示感谢，二是共同庆贺新宅的圆满建成。在此，请大家共同举杯，为和谐相依、事业有成干杯！"

吃饭中间，向民、关爱、关宏一起向同志们敬酒，愿大家吃好喝好。向民、关宏回到座位，没吃几口，又去各桌照应了。

成总对关爱说："因资金问题把住宅搞成个半拉子工程，有点不太合算。第一，住宅没边没沿，既不好看，又不安全；第二，本来麻烦一次就行了，人为地搞成两次；第三，一鼓作气，再花上四万左右就行了，要是停下再修，又得多花一两万，还是一鼓作气好。"

"你说得很对。现在已经欠下不少债，一直欠下去，何时才能了结！"

"如你相信我，这个钱我给你垫上，甚时有了甚时还。要是不愿这样做，银行贷款，也比摆下合算。"

"看你说的，全家感谢还来不及，哪有不信任之理？"

"既然说成这样，那就这么定了。"

"依规蹈矩，咱再签上个合同。实际上，等于给你打个欠条。"

一晃又是三周，一栋三层一院的住宅已经建成。成师对关爱夫妇说："请上上下下、里里外外验收验收罢，如果合格，马上宣布竣工，正式交付。你们也好迁居使用。"

"你的交付，就是最好的验证。你的恩德，铭记在心，世代不忘。

"成师，咱们相识三月有余，你忙我忙都在忙，一直忙在建房上，如今房子盖起来了，好像浑身轻了许多，茶余饭后，也可以倾诉衷肠了。"

成师说："我从心底佩服你，既是家庭好主妇，又是社会大丈夫，样样都行，谁不羡慕？真是女中豪杰。"

"评价太高，不敢当。听说你儿在行署办上班，娶过家了没有？"

"还没对象，自己不主动，大人又摸不着，实在为他发愁。"

"你回去问一下，成明要是看下向华，很想和你们结为亲家。"

"向华要是看下成明，岂不是不谋而合。"

亲家对事，还得看孩子们的缘分。

星期天，向民从机关加班回来，刚进门，关爱就唠叨上了："你不是说机关事不多，一会儿就回来吗，午饭熟了，等也等了两个'一会儿'了。"

"迟回来总有原因。上午正要下班，高中时的同学痛哭流涕拧住不放。你不问，也得向你说说，看看怎么对待。

"同学叫杨大斌，在金贸公司工作，现任办公室副主任。五年前，他们公司就动工修了一栋二十八层的高楼，大斌花了二十二万，在十七层分得一百平方米的一套住宅。后生运气不佳，刚把凑的钱缴了，父亲发现了直肠癌，得马上手术，需要一大笔钱。姐弟俩四处抓借，还差不少。他本人原有的积蓄已全部投入地房，另外还欠下一屁股债。旧账未了，又要新欠，无奈只好在新房上打主意。可是卖房也不容易，贵了，没人买，不解近渴；便宜了，不是熟人又舍不得卖。"

"他要卖多少？"

"他准备三十五万卖给咱。"

"不用说人家还指出一套住房，就是开口要借，咱能不管吗？现在不要在房子上讨价还价，先给筹款，助人要紧。"


听说这里的开发商又要钱，除领导率先缴了外，其余职工举棋不定。因为涉及本人，关爱特别关心，跑到金贸公司打听，刚到门房，就看到有些职工互相交谈。

"你的钱缴了没有？"

"没有。"

"为什么？"

"嫌他们要钱的渠道不对。"

身边有位老大爷问："你说的是啥意思，我怎么听不懂？"

"咱的住宅是职工集资性质，一切权属公司承办，开发商没有资格直接向职工要钱，涉及者可以不理也可以拒付。"

"按双方协议，应缴得钱全部缴了，这是封顶数字，再要让缴钱，就是余外盘剥。"

"老李，听说开发商作废了协议书，你说他们做得对不对？"

"当然不对。协议书生效后，是甲乙双方履行职责的依据，任何一方不得违背。协议书一旦作废，就失去约束，开发商会无节制地向职工要钱。不给，会提出许多苛刻条件，诸如不给房门钥匙、断电停水停暖等。不服？小腿怎能扭过大腿！"

关爱听了一会儿后决定回家。在路上，瞭见靠椅上坐着一对中年男女，近前又听见男的问："你唉声叹气怎么啦？"

"在高楼上买了一套住宅，不顺心，有点后悔。"

"买的谁家的？"

"金贸公司。"

关爱上前插话："据说现在还有房，我想买一套。"

"你千万不要买，办不下红本产权证。"

"为什么？"

"腿勤的问过房地产，答复是这栋楼不符合发产权证条件，不能办理。"

"要么这里刚买下住房的客户尽要退房。还有的人说这栋楼外表好看、价格合理，实际上浑身尽毛病，没产权、没大暖、没燃气。"

"呵哟，不听你们说，险些上了当。"

公司初开始拆旧成新，说的是职工集资建房，职工积极配合，毫无怨言。可是拆除清理结束后，一反常态，不开职工大会，遗留问题不解决，分房没有体现职工利益。

职工认为领导"打着民生工程旗号，干的以权谋私勾当"，最后赠送了一副对联，"民生工程不民生长官意志，阳光作业不阳光暗箱操作"。横批是"为谁服务"。

时不久，公司职工的状子上手了，清查组十来号人仅用了半个多月就拿下来了。公司领导一锅端，全部免职，一切非法所得全部上缴，违法违纪问题彻底澄清，给予严肃处理。

正月初四，风和日丽，关爱妈想回娘家，关爱答应同她一块前往。二十多里地，乘坐班车不知不觉就到了。

桑坪是千人大村，历年正月就有闹秧歌的习惯。近些年来，放宽搞活，各业兴旺，村富民强，促进了农村文化生活的繁荣昌盛。

民间艺人大显身手，青年男女更加风流，独唱、舞蹈、二人台，说书、快板、小会会，伞头对唱，还有群众喜闻乐见的观灯、五哥放牛羊、老婆老汉喜心怀，新老结合，把古老的秧歌渲染得更加靓丽多彩。

新春佳节，又赶上红火热闹，村里一派喜气洋洋。刚进大门，二舅的女儿淑平就迎了出来："姑姑，姐姐，你们来啦？"

"你是啥时来的?"

"来了不一会儿。"

"这个当姑姑的,好久没来,一者忙得走不开,二是路远不方便,连娘家也忘了。"

"真的好长时间没见了,快进屋吧,爸妈都等得着急了。"

进屋放下东西,老一辈们家长里短地拉起话来。淑平一拉关爱:"姐,秧歌开了,咱快去看吧。"

平日里各忙各的,见面机会实在难得,二人一边走一边唠:"姐,你说怪不怪? 咱俩相差三岁,儿时常见面,一块玩,可以说在一条线上起跑,到如今为啥成了剪刀差?"

"追问原因谁也道不明说不清,尘世上人如牛毛繁似星,百人百姓各不同,爱好兴趣不一样,发展趋向有区分。"

"初开始,你找文人是干部,但山村小舍家太贫;我选大村图便利,女婿是个手艺人,家庭不富也不穷。"

"是啊,半斤八两咱俩心里都平衡。"

"自从你有工作进了城,两家的距离在拉长。你一男一女都上过大学有学问,闺女又拉得个大学生,家庭富有不用说,政府出入有工作。我生得一对两枝花,不学无术守在家。老大找得个庄稼汉,苦没一钱不景气;二的秀秀下一步怎么办,夫愁妇愁愁断肠。"

"女大当嫁,现在婚姻自由,众人帮忙,总能找到白马王子、地道人家。女婿不要死守家,心中无数找市场,选准项目上手干,缺少资金咱来帮，用不了几年，就能翻了身。"

"闲下无事常思谋，人能不如天打对，七分本事不如三分命。自从懂事起，总想勤俭持家，活得好一点，可是心强命不强，事情做了千千件，一件一件不称心。"

"啥事呢，看把你愁的，咱慢慢打听，不着急。"

中午在二舅家吃了饭，母女俩高高兴兴回了荣宁。

上班没几天，关爱就带回了好消息："妈，香秀的婚姻动啦，这几天给他打探得个好茬茬。是医院瑞珍说的，小子叫兔生，二十四岁，沟口村人，在洗煤厂打工。勤劳、能吃苦，脑子好使，有作为。有个姐姐嫁外地，父亲四十八岁，以农为生，闲下进城出租三轮车。母亲家庭主妇，常在村里，会缝纫。我把香秀的情况说给瑞珍，让她抽时间回村里跟兔生家商量商量，看人家有没有心思?"

"你说的这个比翠香说的那个好几倍。那家住在山区，兄弟姐妹四人，年龄数他大，是本村会计，太偏远，再没多问。"

第二天晚上，见兔生轮休，瑞珍同老伴都回村到兔生家，正好大人们都在，瑞珍说："来你家不为别的，是牵线报喜来啦。"

"快坐下，说给我们听听。"

"最近给兔生瞅摸得个对象，这个女的是我们医院职工关爱的姑舅侄女，叫香秀，今年二十二岁，属蛇的，聪明伶俐，忠厚善良，吃苦耐劳，懂家务，会管理。缺点是文化浅薄。中等身材，不丑也不俊。父母也很年轻，其父常在外打工，是个泥瓦匠，母亲善解人意，性格开朗，家务、农活样样都行。"

在座的听了，都觉得这个茬茬可以，兔生却说可以个啥。

"怎回事？"

"咱这里尽人说的，西山人肯拉拉扯扯，不好打交道！"

"对象对象，是说对事。照你的意思，你姐就不该嫁到原平。"

"兔生，哥家对你说实话吧，西山人多哩，不尽然都是那样。香秀的姨姨，也是打探对象的，在县医院工作，姨夫在市委组织部，子女都是大学生，闺女在市医院，女婿在市委办公厅，不要嫌人家牵累你，怕你攀也攀不上。"

兔生妈说："现在是自由恋爱，先让孩子们见见面，有缘分就继续谈，婚姻大事，不能一锤定音，总得有个过程。"

瑞珍说："兔生妈说得对，回去打紧商定个见面时间。"

五一放假之日，正好洗煤厂检修机器，在大喜大庆的日子里，兔生和香秀见面了。

这日在关爱家里，男女两家的大人、小孩们乐在一起，无拘无束，谈笑风生。

见面结束时，瑞珍提议男女双方多联系多交心，拉近距离，增进感情。

成婚后，兔生面对改革开放、放宽搞活的大好局面，辞去了受制于人的洗煤厂工人一职，决定抓住市场机遇，重创新业，成就未来。

首先碰到的难题是，干什么？如何起步？于是，出了家门，从东到西，走南闯北，游市场，选项目，最终看上烧焦炭这行。划算了一顿，规模小了，获利少，摊得大了，缺资金。思来想去，选择了起步先走联营这条路子。

前坪秦少华有块地皮能建几个焦炉，因缺少资金，迟迟不敢行动。兔生获得这一信息，主动上门，不谋而合，双方本着"投资、赢亏各半，到年底，焦炉全部归少华"的发展思路正式启动。

兔生马上筹资，翻箱倒柜，四处抓借，才凑得五万，没办法，让香秀向关爱借了五万。钱到手，立即投入运营，边建炉边投产，遇上装炉、出焦，兔生离不开工地，香秀还得再往返七里路上送饭。到年底，兔生可以说是双喜盈门，赚得十六万，估计在结账时还能拿到一万多，香秀身怀有孕，医院检查，胎位正，发育正常。

第二年，合作双方意见不投，分道扬镳各东西。兔生同父亲钻入杨树沟，租地建了四个炉，香秀送饭、伺应，先干了半年，生意看好，一核算又赚了三十万。兔生高兴得请来一大帮朋友聚会，饮酒祝贺，大家一致提议，希望他乘胜前进，发展壮大。

兔生说："你们说得都在理，可我早就想好了，咱村多年来饱受河道之苦，应该先修一座'富民桥'，兴村富民，帮助大家一起脱贫致富。"

自古山水太无情，把个沟口两离分，前村不碍事，后村受害重，几十户人家被挤在东北拐角。西边耕地北靠山,东南河道围成动物园。村内道路崎岖不平,汽车不能走,三轮难通行,外面放宽搞活好形势,村民腾飞缺翅膀,前进犹如遇深渊,旧貌何时换新颜?

兔生修桥的喜讯一出,村民双手拥护,心花怒放。康老说:"人家赚钱人家花,咱们无权管人家。"

也有的人来打劝:"有钱先修窝,显示冯家的新变化。"

青年人说,先富民,后顾家,行为好就得有个好思想。

对修桥,香秀一直想不通,说什么才起步就想飞,顾了大家,谁理你?

兔生认为思想疙瘩只能通过摆事实讲道理才能解开,便把自己的想法一五一十地道出来。

修桥舆论一出难收回,不修,人家说你吹牛说大话,威风扫地无处藏,再说烧焦炭,赢利如水滚滚来。

好戏台连台,不愁没钱花。回头再说修房的事,建筑材料运输难,吃力受罪不要说,不知多花多少钱?

现在孩子刚生下,等到长大成人路还长。到那时,不是只修几孔窑,而是起楼盖洋房。

桩桩心中事,句句动情话,说得香秀笑容开,脱口就对兔生讲:"修桥的事情随你便,再不阻拦该行了吧!"

思想通啦,修桥的劲头更大啦。兔生一面请村支书、村主任、家族里的冯老大,一面去桥头村请来舅舅郭专家,一块儿选地段、定设计。

支书说，修桥有咱郭专家，让他设计施工永没错。

郭师说，别看小小一座桥，牵涉村里的整体规划、百年大计、千秋大业。桥修得既要坚固适用，更要美观大方，不能草率行事，先拿个草图，尔后大家集体审查。

设计图纸一定，立马破土动工，前后不到三个月，投资四十万，一座长三十六米、宽七米的"富民桥"已贯通村南村北。

竣工那天，彩旗招展，礼炮震天，锣鼓声声，喜气洋洋。兔生戴红花、披红绸，满面春风。乡村领导来助兴，众人赞赏齐称颂：一个普通老百姓，无私奉献筑大桥，真是"功在当今，造福千秋。"


开春以来，县乡三令五申，坚决取缔烟熏火燎的土焦炉，净化空气，搞好生态，维护蓝天绿水。起初以为只是说说而已，人们还在偷偷摸摸搞。后来动了真格，乡里用推土铲彻底铲除了小焦炉。自三月起，兔生一直没有一个合适做的，新近听说乡里要在本村的寨子上规划机修梯田，得知消息，兔生想承包了自己干，就赶紧找关爱姨商量。

"单丝不成线，独木不成林。你个人单独承包，难度很大，最好把村支书攀上，同他搞联营，把握性大点。"

"不知姨夫县里有没有熟人，要是能说上话，就更把稳了。"

"你个人出资给村里修桥，乡里上榜，县里表彰。时隔不久，又打碎你烧焦炭的金饭碗，你出面申请承包，领导也得考虑。"

"和你的认识也基本一致，两人联合力量大，明里我承包，暗地他支持，红利由他挑。两人齐出力，还许能办成。"

"让人一步心底宽，任何时候都得尊敬村里老支书，在他的支持下，才有发展前途。"

主意已定，兔生把自己承包机修梯田的想法推心置腹地说给支书。

"你的设想很好，一旦立项，你明里跑，我背后争，咱一出面，谁也不敢拿走。"

"这段时间咱们都留心，一旦能申报，不要误了良机。"

从此，老支书心知肚明，不论是见了领导，还是遇见承办人，都大造舆论，什么兔生无私奉献修大桥，自己富了还要让村里人富，精神可贵，教育当代，启迪后人，如果机修梯田这个扶贫项目让兔生承包，村里人谁也没意见，可以说一千个应该、一万个放心。

老党员石明富听说修梯田的事，从中插话"兔生是远近出名的好人，让他承包就挺合适"。

当街张大娘说："好事就该好人办，好人应该办好事，这是天公地道。让兔生做，应该，应该。"

十月十日，农业县长坐镇，扶贫办主任主持，县监察办、扶贫办、水利、农业等有关部门领导出席，沟口村兔生、公社任副主任、水利王技术员等同志参与竞争。

当主持宣布参与竞争者的基本情况后，公社的那两位竞争对手当场提出弃权。县里的那两位自愧不如，锐气大减，经三人角逐，兔生优胜。

项目得手，兔生与支书交流过多次，最后达成协议，收益对半，支书全权负责，严把梯田质量关。兔生筹集资金，搞好饮食，购买柴油，确保机械正常运转。

兵马未到，粮草先行。兔生在山上就近选了一块平地，搭起棚布，垒起火灶，放下桌凳，让媳妇做饭、供水。机修梯田项目就此拉开帷幕。

晚上收工时，支书说："天气不早啦，收工后，耽误大家一些时间，就地开个短会。中心议题是所修梯田如何达标，哪些还不到位。大家都是农业内行里手，说说各自的感受，提出改进的意见和建议，把事情做得更好。"

吴师说："规划强调梯田平直，势必出现天翻地覆，整修更难！"

原生产队长老郝说："山地有山地的特点，再修也变不成平原。根据地形修整，更能贴近实际。这样做的好处是地埂结实，容易找平，动土量小，整修省工。"

兔生接着说："听说张子山有个退休干部叫张文斌，搞过不少机修梯田，有技术，会管理，用不用把这位师傅请来做技术指导？"

支书说："再好不过了，明天上午铺排开，你就去，越快越好。"

自从承包了这块地，兔生的脑子就没有闲过，甚至梦中还在谋算什么安全呀、质量呀、让大家吃好喝好呀，他是一门心思想做出个精品工程。

天还没大亮，兔生就开上三轮去了加油站买油，到了工地，一切都安排停当，和支书说了一声，就去了张子山。

一边上山一边盘算，去了该怎么跟人家开口，月工资六千元少不少，人家肯不肯下山帮忙……想得很投入，十来里山路不知不觉就到了。刚进村，生怕狂狗出来伤人，看了一下村里，瞭见街畔站个老年妇女，便问："大娘，张文斌师傅住在哪里？"

"前边大门外有棵大槐树的那院就是他家。"

"他家喂狗不喂？"

"喂个，不咬人。"

这些对话，被张师的孙子听见了，便叫爷爷，说有人找。

爷爷听见就走出大门，看看来的这人是谁。

"您是张师傅吧？"

"是，你是哪里人？怎么不认识？你有啥事？"

"沟口人，名叫兔生。"

"呵，久闻其名，幸会幸会，快快进家。"

"今秋承包的一块机修梯田，昨天动工，遇上不少难题，您是方圆数里远近闻名的梯田专家，特来请您指导。工资暂定六千，少了还可以增加。”

“你是无私奉献、为民造福的领头雁，又是脱贫致富奔小康的实干家，不要说你亲自上门来请，就是捎个口信，也非去不可。你等等，家里拿几件衣服，咱就立马下山。”

到了工地，正是早饭时分，张师吃了饭，座位没离，就地翻开施工图纸，仔细看了一遍，尔后走进田间，对照图纸，勘测地形，选择切入点。

寨子山，坐北向南，规划梯田都属东西走向。这天遇到的这条地身长、坡度大、波浪式。张师按照图纸要求，下了高低两条线，将两部铲车各布东西，相向推进。

梯田外高里低，张师提醒铲车司机要沿线推进，更不要破损边沿。外垮要保持85度的坡度，特别注意直边、弯度。

每条梯田由高向低层层剥皮，土方量大，要将低线适当提高，相反，越过低线沉下，或高或低可以适度调整，严禁土方重复移动。

张师指挥得力，同志们配合密切，一个月的任务，提前五天完成，没有发生任何事故。

全县检查验收中，机修梯田项目被评为一类。

收工后，机械往返行走，压坏了小树、沟渠、地埂等，能修复的修复，不好整修的，一一对主家做了赔偿。

年前，兔生、支书对工程预付款共同商议了个分配方案：扣除油费、工资、其他杂支，剩余部分给本村小学置办了全套课桌凳，给百十来户村民、每个教师赠送了五十斤白面、三十斤大米、十斤麻油、十斤挂面，让大家欢欢喜喜过春节。

大年刚过，县里决定给沟口铺三点五公里的乡村水泥路。喜讯传来，村民无不欢欣鼓舞，拍手叫好。

路是生活所需、幸福之基，由于多年来出行不便，沟口村的发展受到严重制约，人们期盼一条宽阔平整的金光大道，改变贫穷落后的山村面貌。因此，由谁来修就成了街谈巷议的热门话题。

平时好管事的成大爷说："光说修路，谁也能下得了手，可是修好修赖，就有了天差地别。"

多嘴婆抢先开口："给咱村修路，还能离开咱村？村里多数人同意谁，就由谁修。"

闻先生说："众人言，众人意，打不到决策人的耳朵里，说也白搭。你们想想，向县乡领导反映，连人也捉不住；向村支书、村主任说吧，涉及他们的利益，说也不能说。"

在场的其他人也开了腔，一位中年妇女说："现在的领导作风变啦，手机、电话号码都公开，见不上本人，就给他们打手机。"

孙师说："我在村里找两个肯说话、会办事的人去说。"

还有的情愿指上自己的手机让通话。

没几天，春元就说："不知是听了村里人的反映，还是领导体察民情，通村公路的承包人定啦。"

侯明急得就问："是谁?"

"那还用说，是咱村的贴心人——高兔生。"

兔生一着手，情况就变啦，先聘请支书、主任为工程顾问，一个统领全局，一个调度劳工；邀请新平负责施工，会计晋生兼管基建财务；另外挑选了一男一女两人任监督员。

三点五公里路上摆战场，全村一百八十人齐上阵，吃大苦，耐大劳，不到十天，全部竣工。

在全县表彰会上，兔生由于业绩突出被县里录用为乡补贴制干部。他披红挂彩，为全县各村做了经验介绍，并表示将继续留在村里，服务百姓，造福人民，带领父老乡亲脱贫致富奔小康。

大姐夫冯清获悉兔生大展宏图令人赞，自己的屁股也坐不稳了，让妻子勤秀也向关爱借了三万元作抵垫要创业，但从何做起，二心不定：在本县吧，离城近，熟人多，不便行动；到市区，也没有好做的，闹不好怕兔生笑话。干脆走出山门，去了河北，投奔姑姑去了。

外甥上了门，想找份工作做做，这下可把姑夫愁坏啦，投张良，拜韩信，对全市企事业单位做了一次扫描，国有企业想都不敢想，集体单位人满为患，挤也挤不进去，只有个体行业，可他一无文化、二没技术，重活吃不下苦，打杂又不赚钱，筛来簸去，一时难以凑巧。

姑姑家离火车站、公交车站也不远，冯清常去那里，想在人流中见些熟人，出些高招，寻找门路。闲逛之中，了解到别人贩卖车票、油证赢利不少。于是自已也做了一段，有一下没一下，总起来说比打零工强得多。

眼见他每天早出晚归，姑姑问他是否找到工作了。冯清答道："到处都是市场，搞些票据生意。"

"什么票?"

"就是火车站售票时，哪一路旅客多，你挤在站队最前面，多买了几张出来混在最后一张票上多卖上十来八块。"

"还有什么据?"

"就是向出租车司机买上几张油票高价卖给出差人员，从中赚上一些。"

姑姑似懂非懂，晚上又向老伴说了一遍。

姑夫一听，十分反感，气愤地说："这可是违法行为，万一有个三长两短，咱无能为力，吃亏受害的还是你侄儿。"

不行，这得赶紧和冯清说说："孩呵，为你的工作，你姑夫跑前跑后一直至今，另外又依托了一些知己打问，像样的工作就得迟等慢、遇茬口，看来一时两手不顶事，你先回去，等有了做的，通知你再来。"

"你们要当成一回事，越快越好，我明天就回。"

冯清从姑姑家出来，一时不知去向。回家吧，重蹈覆辙，惹人耻笑，再逛市场，或许找到别的生意?

上了火车站，在候车厅转了一圈，见南下的旅客不多，还是顺家乡方向走吧。

到了安阳，还早些，便上街闲逛了一气，看了一些卖烧烤的，这门生意可以，但摊位难找。又串了一些餐馆，一要特色风味，二要摊位人手，咱两样都不是优势。又瞧了一些修理业，黄金地段挤不里，边远地带没顾客。

游来晃去，夜幕降临，肚饥腿困，去了私人旅店。老板是位六十左右的婆娘，身体壮实，形容精干，店内只有四个住人间，设备简陋，每晚仅收三十元。

找好住宿，冯清上街吃了一点饭，便直奔大南门寻找朋友小高。

"冯清，是什么风把你刮到这儿的，有何贵干?"

"昨天下午路过，专门到此看你，跟上你舅怎么样?"

"挺洒乐，生意还行。"

"舅父关照真有福。"

"你不是有个姑姑吗?"

"虽然设法出力，至今尚无结果。"

"有恒心就有希望。"

"来时路上见了不少棋牌馆，那是干什么的?"

"初开始是为人们提供活动场所，搞点有偿服务，后来变味啦，成了小赌场。"

"有关部门允许吗?"

"具体我也不知道，只见越开越多、越办越红火。怎么，你也想开?"

"看见搞这个挺雅静、挺省事，随便问问。"

"听说搞这个看起来容易，实际上很艰难，一要好地段，二要硬靠山，否则立不住脚，也赚不了钱。站着干什么，回来坐坐?"

"一会儿还要坐火车回家。"

才在川里，不觉上了山。冯清回到本土市区，又漫无边际地游荡着。

"这不是冯清吗? 你来这里干什么?"

"想找个就业门路，大哥你就不会帮帮忙?"

"门路遍地有，全凭慧眼找。"

"你在这里熟悉，哪里有棋牌馆，想打听点情况。"

"城南多，城北无，开发小区刚兴起，你想别人也在谋。"

冯清花了两天时间，把城区走访了一次，看了不少房间，一个中意的也没有，索性去超市给孩子们买了一些食品，拧成两袋，乘坐班车回家了。

走进大门，正在院子里玩耍的楞子、小娟看见他，齐喊"爸爸回来了，爸爸回来了"，一扑上前，一人提了一袋。

到了家，勤秀不是忙于做饭，而是开口就问："你从哪里动身，怎么一早就回来了?"

"从市区。"

"做的寻下了没有? 走后将近半月，家里没有一点消息，说明锣鼓长了没好戏。

"走时嘴上没说心里想，一个没文化不吃苦的山佬，在当今社会，要想找个做的谈何容易。"

"你说的也是，从古至今，靠人不如靠自己，跌倒不如自爬起。回来时，顺路跑了几个地方，搞饮食，缺帮手；卖服装，无资本。唯一看准了开休闲馆。"

"休闲馆也问过，赚钱快，风险大，一旦出了事，脸上不光彩，摊账全烂掉，不如开饺子馆保险。"

"城里要是找下个合适住处，既让孩子上学，又能做些生意，不是两全其美吗？"

"明天再去市里找，只要地点适中，做啥也行。"

"把孩子让奶奶看住，咱就一块去。"

"当然更好。"

次日一早进城，一个东头，一个西边，两面看，发现看点，碰头商量。困了坐下歇歇；渴了，喝上几口矿泉水；饿了，啃上一块窝窝头。日出日落，整整一天，毫无收获。

他俩没办法，只好来找关爱帮忙。

"姨，你没出去？"

"你来就是了，拿那么多东西干啥？"关爱开门见是他俩，赶紧就往屋里让。

"都是些土特产品，绿豆、黄豆、红豆、芝麻，点点丝丝，不成敬意。"

"无事你不来，来了定有事！"

"很想在城里居住，投你帮助找间房子。冯家坡大概你也清楚，沟坡多，土地瘦，遇上冯清又没苦，根本顾不住。再说孩子也大啦，村里又没学校，到城里安家，实际上也是没办法的办法。"勤秀一股脑把自己的想法都说了出来。

"你们摊划得很对，来这里总比山里强。房子不用在外面租赁，市中心房缺又贵，边远处又不方便。下来，就住姨家的，捎得管上住户，收收房杂费，管理卫生，维护秩序。"

"太好啦，什么时候能来？"

"你们想什么时候来就什么时候来。一会儿领你去看。"

"呀，这么好，你们不全租出去？"

"不行呀，正因为住户多，才得有人照应，让你们住，就是这个意思。"

冯清的家搬下来了。关爱姨送来大米、白面、挂面、麻油以及大人小孩能穿的衣服，院邻也来祝贺，孩子们高兴地跑来跑去。冯清夫妇笑逐颜开，做梦也想不到能住上这样好的房子。

住房问题一解决，谋生又成了头等大事。干什么好呢？

勤秀说："开上三轮车，烤的卖红薯。"

"不会看秤，又烤不了红薯，不是逼鸭子上架吗？"

"拣你会做的也行。"

"会做的，条件不具备。"

"死店活人开，不行再换个做的，总不能让一棵树吊死！"

"打问见市农业局家属小区一楼有一套个人住房要出租，不知合适不合适，要不先看一下？"

一会儿回来说，住人可以，要是做生意，太僻背，出路也不好。

过了几天，冯清又听见关爱姨说康苑小区三号楼一层西有套住宅出租，冯清高兴得连中午饭也不吃，径直去了那里，一看方位适中，三面交通，人流繁杂，是经商的好地方，便问房主："年租金多少？"

"至少两万元。"

"有多大面积？"

"不到六十平方米。"

"不能再少一点？"

"嫌贵，你可以不租。"

"看来是一口价，再没商量的余地了？"

"说得对，要租，一下缴一年的。现在拿不出来，先放下一千元押金也可以。"

回到家里一说，妻子嫌贵，跑去跟关爱商议。关爱找到房主好说歹说，才网开一面，只照顾了两千。

房子租下了，勤秀想卖饺子，冯清要开休闲馆，夫妇二人争执不下。

关爱说："不用争，开饺子馆，全家能上手，赚钱虽说不多，但没什么风险，比较平稳，干上一段不行，再依冯清的。不过，无论干什么，该办的手续都得办，一定要依法经营、公平取利。"

说干就干，夫妻二人起早贪黑，改门换面，张罗伙房、桌凳、吧台，才两三天，就把这些都准备好啦，只空下卫生许可证还没办到手。

饺子吃香不吃香，全说馅子。自从定了卖饺子，勤秀就发起愁来。今早醒来，又思谋了一气，谋来谋去，谋到了自家，记得妈妈做得饺子馅挺香，不如把她请来帮忙几天。

"刚开业，咱也试营业上三天，价格打上两折，一来招揽顾客，二来造点舆论，更重要的是掌握一些操作技巧，了解一些群众生活习惯。"

"你是老板角色，觉得怎么合适就怎么做。让老伴如何配合，尽管吩咐。"

"咱两个既分工又合作，做馅子、捏饺子、煮饺子，不用你操心；接待顾客、确定菜单到照应餐桌、打里顾外，你一包到底，不得有误。"

"好的，老板！"

哈哈哈……

在噼里啪啦的鞭炮声中，饺子馆开业啦，每天红红火火座无虚席。

"大叔，你吃了觉得怎么样？"

"香，热乎乎，挺可口。"

"小伙子，你吃了饺子，觉得味道如何？"

"品见熟馅子不如生馅子过瘾。"

"老大娘，你对饺子很有讲究，这里的奥妙肯不肯给我们说说？"

"人常说，众口难调，往后你们慢慢品吧。"

眼瞅着生意顺顺当当，谁料国庆假期一结束就突然来了个大逆转：客流量越来越少！烧香的不多，绕庙的不少。急得勤秀夫妻二人六神无主："咱耗的是高价房租，劳累的是自己，赚不得小米，连口袋也保不住，不如趁早打折了。"

"冯清早想开休闲馆，要不就试一试。不过，未开以前，咱还是坚持着，不赚钱也比赔上好。"

审批休闲馆，承办人不大通达，说什么"休闲馆主要是为中老年娱乐服务。近些年，各级各部门对中老年工作十分重视，活动中心、娱乐馆所如雨后春笋、星罗棋布，不久就会遍及城区各个角落"。

冯清说："你说得很有道理，可康苑小区比较特殊，八十年代承建，当时的老干部娱乐场所还未提上议事日程，小区十来栋高楼，近二百名中老年，一直没有个活动室，早就想解决，也没有个好地盘。可以先试一试么，如若不行，取消就行啦。"

"我们抽时间下去了解后再说。"

今天跑，明天盼，冯清的执着终于感动了工作人员，梦寐以求的愿望就要实现啦。

开业那天，冯清夫妇如同过年一样，崭新着装，整洁大方，一早就步入馆内，张贴对联，悬挂红绸，摆设鞭炮，单等八点，准时开业。

小区出名的贪玩家成师，听说冯清的休闲馆今天开业，事先约了一班人马，手拿红色对联前来贺喜，上联是"喜天喜地喜全家"，下联是"大吉大利大发财"，横批"人财两旺"。客套完毕，四位坐了麻将席。

天财笑道："人家冯清有慧眼，看见咱小区没有一家休闲娱乐场所，拾遗补阙，提供了一块专为中老年服务的欢乐宝地。"

致富说："他为人人，人人为他，以乐取利，以利养乐。"

来顺早就等得不耐烦了，开口道："光贺不玩手痒痒，尽情玩耍心开花。"

"冯清，你收费一大把，却忘了人的肚子在打架，既不食品打尖，又不饭菜润肠，要是饿得坐不住，你的馆子还开不开？"

另一帮人也接话茬："人家的肚子是娘养的，难道这一块是铁打钢铸的？吃点喝点的要求并不高，有点充饥的就行了。"

"勤秀，这两天人们嚷叫咱不管饭，话中话讽刺咱太吝啬。"

"人家的建议咱采纳，人家的批评也不过火。咱们立说立行马上改，你仍然办好你的事，饭的问题我来管。"

关爱这几天心里忐忑不安，吃饭时和母亲商量："好几天勤秀也不来，饺子馆改头换面后，不知情况是否有好转。"

"你过去不一定见上她，你不会手机上问情况?"

"这好办。"关爱放下碗，顺手拨通勤秀的电话："勤秀，这段忙得走不开，不知旧貌是否换新颜?"

"才开张，还凑合，这几天人们提出让咱管饭。"

"完全应该。先给大家解释，刚开业没经验，各方面还不完善，请大家原谅。饭菜尽量做得好一点，吃不上水平，就很难引来回头客，不要怕吃亏，要会算经济账。有什么困难，我们尽量帮。"

"小事靠自己，大事才烦你。"

"这也好。"

休闲馆热闹几天，休闲一段，就这样延续了一年多。时间长了，人惯马熟，一些赌棍就玩起滑头来了。张三缺钱玩，李四不带钱，向冯清提出借钱。起初，出于情面，为了生意，只要提出来，多少都会借给一点。后来，出现了借多还少，或只借不还，冯清有点为难，有时以要带笑地说："既然没钱就不要玩，想玩就得带钱来，哪有贴面的厨子?"

可人们还是只借不还。

这个馆办还是不办? 冯清夫妇想不通，又来征求姨姨的意见。

"你们说，这几天情况如何?"

冯清深有感触地说："时好时赖，很不正常，这还不算，最难的是赌棍借钱，给吧，到手的钱出去很难收回；不给吧，怕得罪了神神。堂堂正正的赚钱老板，竟成了供奉赌棍的保养员！"

勤秀说："现在休闲馆已经变味了，娱乐场成了赌博窝，时间长了恐怕出问题。"

关爱一听，心里明白了几分：看来都不想搞啦，不和就再想别的吧。

"说话容易做事难，这里也没有能赚钱的好灵丹，你们觉得怎么应手就怎么办。"

休闲馆的摊子收拾后，一时没找到合适干的，冯清重操旧业，跑车站搞点票据生意，从中渔利；继续串市场，找经营项目；后与农产品收购部门联络，做了些推销，因经营量小，一桩生意也没搞成。

冯清当着妻子的面说："往后，没有把握的事不做，无利可图的活不干。"

勤秀说："你真是个窝囊废，闹砸了还能再来，就把你怕得无所作为？"

勤秀在家也不闲着，学校接送小孩，抽空出去打工，还要操办家务，忍饥挨饿度日月。

关爱看在眼里，痛在心上，时常给米给面，口粮上接济，一年四季，衣衣裳裳不断，逢年过节还得给点钱，却是怎也扶不起来。

日子长了，关爱觉得光输血也不是个办法，要激发他们的造血功能。思路一变，信心就来啦，投张三、拜李四，就在子女上学的学校给勤秀问得当了保洁员，一月添上千数八百，既便于孩子上学，又能关顾家里，基本上摆脱了生活贫困。

虽说家里有了一点贴补，勤秀肚子里还是窝了一肚火："冯清，你自己说，自改革开放以来，跑市场有几年了，跑得个啥？"

"不是办过休闲馆，开过饭店，你装啥的糊涂？"

"扯淡，我在家门口，也能想到这些。"

"看上的项目不少，如办洗衣店、开旅馆、炒股票……不是找不下场地，就是缺少资金，更愁没有技术。"

"这些都不重要，关键是你没脑子、缺志气、不吃苦，墙上画马不能骑，镜子里的饼子不充饥。空话少说，咱们还是来点实的吧。眼下，天气渐暖，摆个冷饮摊，卖些碗脱、凉皮挺好。"

"这是你的主角戏，本人愿意为你效劳。"

"市场上见人家现做现卖，并不复杂，轮到自己操作，就无法下手？"

"据说姨姨家以前做过，咱把姨姨请过来指导，就不难了。"

"你说的也是，现在就去。"

一开门，把关爱吓了一跳，着急地问："这么晚，过来有事？"

"在家商量起做生意，想卖些冷饮食品，你们是内行，想过来请教。"

关爱说："看市场，选项目，做到他无我有、他有我好，薄利多销，滚动发展。"

说来说去，还是摊位要紧，明天出去就找。

晚上回到家里，夫妇二人碰了碰情况，干还是不干，有点为难。

次日一早，双双来到姨姨家。还没坐下，关爱就问："摊位找下了没有?"

勤秀说："我跑的没有结果，城管所有我村的一个后生，请他帮助，他说摊位现在很紧张，没有一点余地，待有了空空再说。"

冯清说："城里像样的市场都去过，每到一处，如耕地一样，过来过去都看遍了。不要说让工商批，就是自己找也没门。后来在兴隆市场发现一个摊位上空着。问旁边的师傅，好像是回家抱孙孙去了。"

"你明天去再详细打听一下。"

第二天一早，冯清又来到兴隆市场，看见一个女保洁员，便问："阿姨，你知道西边空的那个摊位是谁占用? 清楚不清楚家住哪里?"

"那个摊位空下时长啦，是个中年妇女占用。她老家在农村，现在来城里打工，叫任俊汝，四十上下，精明能干，对人也不错，她住在胜利街荣宁苑，一问门房便知。"

三号楼二单元四〇二，冯清直接找到家里了。

"你是谁?"

"我是农村进城打工的。"

"我不认识你。"

"想租用任师的摊位。"

"进来吧"

"我叫冯清，村里刚进城，想在城里摆个摊摊赚点钱供女儿上学。听说你的摊位暂时不用，我想租用一段时间。"

任师见他是个地地道道的庄稼汉，又急用钱，便说："看你是个可怜人，实在要用可以，每月租金二百元，最长时间一年。"

"感谢任师救命之恩。同家人商量后回话。"

告别摊主，冯清一溜烟小跑回家，把情况做了汇报。

"情况就是这样，你们说做过做不过？"

"这几年村民进城打工的不少，经商的人逐渐增加，自然摊位奇缺。想花点钱租用也是个办法，无非是少赚点，甚至白干，但是能学本事，能打基础，付点学费也值。"

夫妻二人一听，那就干吧，成不成也只有一试了。

开业这天，冯清、勤秀全部到场，着装整洁，精神焕发，先将商品设置铺排好。摊位竖起"张氏碗脱凉皮"，鸣放鞭炮，告示开业。

几个年轻人陆续围过来，挑样样品尝了一些，还没离开就七嘴八舌说开啦："分量足""挺香""不错""吃了还想吃"。走了一批又来一批，原来准备一天的货，一上午就卖完了。

没注意，斜对面卖同种食品的那位后生，人叫孙师，不时地侧看，一脸怒气。一会儿这边人少了，孙师就过来发问："张师，你出售的是哪里进的货?"

"是自己的产品。"

"光零售,还批发?"

"批零兼营。"

"差价大小?"

"每个比零售价便宜三毛。"

"能不能再少一点?"

"再少就做不过了。"

"说的也是。"

"敢问师傅贵姓?"

"人们叫我孙师。"

"你卖的是哪里来的?"

"也是批发的。"

"按多少钱买的?"

"每个便宜五毛。"

"差价越大,赢利越高,何必多受苦?"

"我想价位差不多,就不舍近求远。"

又一天上午,孙师说:"你的销售量很大,不够卖,把我的便宜点推给你一些,省得你麻烦?"

"谢谢你的好意,殊不知,领了你的人情,坏了我的名声!"

不达目的,孙师不依不饶:"价位、数量不变,不带调料拿去。"

"不带调料我怎卖?"

"一根萝卜截一头,不能两头都干掉!"

过了几天,他又到处散布,说冯清"掺杂使假,巧取豪夺""欺行霸市,挤并穷人"……

一计不成,又生一计,以每月三百元的租金逼摊主任俊汝转租这个摊位。

俊汝说:"一言既出,驷马难追。我红口白牙和人家说好,再要反悔,如何见人?你有本事,直接说去。"

冯清气愤地说:"那个龟孙子把咱糟蹋了一回又回,你们说该怎对抗?"

关爱挑明:"那是卖白面见不得卖石灰,他再厉害,也改变不了优胜劣汰的命运,只有改革、创新,永立潮头,才有发展前途。"

"咱该怎么应对?"

"知己知彼,才能百战百胜。我曾经想过,咱的产品与同类相比,还有不小差距,碗脱不鲜不嫩,料汤色淡不香。"

冯清一听,认为外出的机会到了,蛮有把握地说:"这两个问题好解决,不过本地不行,一不名牌,二不外传,需要外出学习,必要时付点学费,用不了一个月就学到手了。"

勤秀瞟了他一眼:"我还不知你的本事?"

关爱说:"成不成明天就走,再艰难曲折,也要取回真经。"

允许出门，冯清就变了人似的，可恨夜间没车，不然的话，不吃不睡就想启程。

佳峪市，工商业发达，技能高手层出不穷，去那里不到二百公里，赶下午两点就到了。

冯清一下车直奔农贸市场，仔细看了食品摊位，没有看上眼的。

从摊点转到商铺，看了几家专卖，比市场稍好些，也不中意。

晚上住进一家私人旅店打听，店主六十来岁，本地口音，性格开朗，好像啥也知道。他说专营老字号也不下十来家，较有名气的还数梢大。

"这儿有没有后起之秀？"

"当然有。比较火爆的是'点子红'，老板叫楞子。还有'千里香'，女能人是蓉蓉。"

"他们的企业有何特色？"

"楞子有文化，勤学肯钻、敢试、追新。蓉蓉的姐姐在外地，也是干这一行的，前些年她一直给姐姐帮忙，婚后做起这行生意，不久就出了名。"

正听在兴头上，突然从门外进来一位打扮时尚的妇人。

"爸，你回吃饭去，这里我来照应。"

"这是新来的客人，你安排一下。"

"你是闺女还是儿媳？"

"是儿媳。"

"你让我住哪里?"

"这是住宿一览表，你自己选择。"

"不必啦，你觉得哪里合适就住哪里。"

"凡来这里的，都是为了省钱，那你就住一楼吧?"

"可以。"

"走，我给你开门。先洗一洗，休息一会儿，免费就餐。"

第二天，冯清起了个早直奔"点子红"，他要先领教领教这里的特色，只见铺面宽敞、设施齐全，来这儿的人果真不少。冯清凑到餐桌上看了一番，产品亮丽，调料设有专台，放有咸、辣、中、甜、香几种汤料。汤料看起来一般，没有什么特别之处，可与食品相伴，顿时色鲜喷香。

后来，找见老板，介绍了来意，提出拜师学艺的请求。

老板说："可以接收，可是怎么个学法?"

"实践出真知。我想跟班作业，随时领教。"

老板这人实在、厚道，他说："你们山区为啥贫困落后? 主要是封闭保守，不管男女常把自己禁锢在笼子里，这也不敢动，那也怕花钱，不敢开创新局面，老怕砸锅出娄子。"

"腰背无力，赚起赔不起。"

"怕花钱这是人的共性，可是要懂得一个道理，就是只有舍得投入，敢于破旧迎新，才会开创出腰缠万贯的新天地。

"你从山庄到县城，走出深山来平川，不惜代价，不畏艰苦，学习取经，谋求发展，我很赏识你的这种创业精神。"

一周的实习不觉就过去了，师傅嘱托有事随时打电话，有空欢迎再来。

冯清当时感激地回答："不辜负师傅的期望，一定要迎来山花烂漫春满园。"

从"点子红"出来，冯清决定再去一下"千里香"，既然出来学习，就要不虚此行。

"千里香"门前人来人往，有靓丽小姐也有英俊帅哥，真是名不虚传。

再看铺排设置，更加富有特色。冯清心里发了愁，老板肯定难接近，要取真经难上难。

一进门，服务员就招呼："欢迎光临，看看菜单，你要点什么?"

"两个碗脱，三张面皮。小姐，你们的老板是哪一位?"

"刚进门的那位便是。"

冯清看过去，此人年轻貌美、端庄大方。

听见说话，她转过身来："我是大堂经理，欢迎光临，多提宝贵意见!"

"意见没有，倒是有学习取经愿望。"

"怎回事? 进屋说。"

"我是山区农民，进城打工，看上了碗脱凉皮生意，可是老不景气。人常说磨刀不误砍柴工。于是走出大山来到此地，万没想到遇上贵人。”

“我们也是摸爬滚打，没有什么可取之处。”

“我要的不是你的金银财宝，只是你的几句话，不损你的一点利益。我想你奉献的是一份爱心，结交的是一位朋友，活跃的是一方乐土，扶植的是贫困之户，真乃山川有情、恩德无量。”

“好，好，好，你说你说，有啥不明白的地方？”

“办法有二，一是跟班学，二是掏钱买。”

“我赞成第一，从现在起，直到基本掌握。”

“一切行动听指挥，步调一致才能得胜利。”

“走，先到生产基地。”

蓉蓉亲自驾着宝马车，沿着北星路飞奔而去，说话间就到了一间平房跟前，对冯清说：“你先洗洗澡，出来换上衣服。”

“衣服还在旅店，拿什么换？”

“你放心，有的是。”

冯清费了很大劲，从头洗到脚，穿上高档服装，如换了一个人似的。

蓉蓉吩咐：“以后，你要以总经理出面，洽谈双方合作业务。”

“为什么这样做？”

“车间基本上是现代化，所有职工都经过正规培训，你去插不上手，怎能让你当保洁员？”

"来，把工作服穿上，咱们去车间转转。"

厂房占地两千平方米，车间就占了八间。这里最辛苦的是合成车间，温度高，出手快，规格高，无废品。

"经理，生活中你有什么特长爱好?"

"十年前爱打扮，好热闹；十年后喜清静，善思考。"

"家庭其他成员做什么?"

"孩子上了学，他爸下了海。"

"我不该问你这些，让你不愉快。"

"习惯成自然，如今我倒觉得挺自由。"

"今晚我请你看电影，解除疲劳，寻找快乐。"

"多时不去，改变一下环境也好。"

晚上七点，两人约好同去影城，边走边聊，一抬头，旁边有个高级餐厅。冯清问："经理，进去吃点?"

"不饿。"

"不事前吃点，等饿了，饭馆早就关门了。"

"实在会说，依你的。"

"你先看菜谱，选几样香甜美味爱吃爱喝的，再要上一瓶干红或上等白酒。"

"晚餐嘛，简单点。"

"我是让你吃好喝好。"

"随你便。"

二人吃吃喝喝，推杯换盏，时间过得真快。估计电影开了才赶紧放下碗筷，向影城奔去。进门一看，早就开演快两小时啦！

第二天午饭后，两人商量好，明天去云冈。

早八点半，冯清按原定计划上车。

冯清问："我需要带点什么？"

"把自己带上就行。"

上了高速，车子既快又稳。

冯清说："你真行，说起事业，是响当当的企业家；提到开车，又是驾驶高手。你是怎么学来的？"

"起初我并没有什么志向，八十年代我到姐姐家帮工经销冷饮食品，断断续续干了六七年，有时在伙房制作碗脱、凉皮，有时站进柜台销售产品。这样，在手艺上磨炼，在市场中摔打，可以说是百炼成钢。"

"回来后，又是怎样起步、发展壮大？"

"婚后，我有经商热情，爱人有下海理想，合二而一，就发展起来了。"

"那么爱人与外商又怎么连到一块？"

"和你现在的情形差不多，今天这儿学习，明天那儿考察，先拉关系，后联合，先当学生，后当教练，常在外跟班，顾不上回家。初开始，他在资金上、业务上帮助不小，后来他一走，把我逼上梁山，一会儿攻关破难点，一会儿竞争创品牌，走过艰难困苦路，饱尝酸甜苦辣味，一步一步，才赢来了今天。"

"你真了不起！我赏识你的人品，文武双全，平易近人；我赏识你的才干，谋大顾小，一丝不苟，步步提升，永立潮头。"

"云冈到了，你是乘车游还是走着看？"

"咱就走马观花吧。"

今儿的景点在电视上屡见不鲜，听得也很多，来这里像过电影似的看，原始、直观、全面，别有风趣。

这天旅游的人少，车子畅行无阻，两小时就看完了。两人商量再进市区逛逛。

下车，到新华大厦登记住宿："是想登高还是喜欢住低？"

"当然是登高，而且越高越好。人往高处走，这是常理。"

"你把皮箱提好，上 2707 房间。"

"经理小姐，我不怕你笑话，身上所有的积蓄也不够咱俩登高的，不花，自觉理亏，花吧，口袋无钱，再住上几天，连回也回不去了。"

"你打工赚。"

"没人要。"

"我要。"

"能问你个问题吗？"

"能，你说。"

"三句话不离本行。在熬制汤料上，总觉得下料和人家差不多，效果却相差十万里，你说关键在哪里?"

"我也有同种感觉，寻不了清楚。一次润肤时，不知怎地想起了'九一四'高级润肤霜，一下得到启示。听人说，'九一四'来之不易，试验了九百一十四次才获得成功。难道我们在这些上就不敢动一下吗? 于是放大胆子，试验了一次又一次，一次比一次搞得好。要突破创新，不妨你也回去多试一试。"

这个冯清把配方技术摸了个门儿清!

几天时间，从"点子红"到"千里香"，冯清取回了不少真经。告别佳峪，他踏上了回家的路，他要在自己新的事业中闯出一片新天地!

# 七

关爱上班，在福星街碰上本村大叔："大叔，干啥去？"

"我有事，正想和你聊聊。"

"那好，咱到家里，喝点水，再慢慢说。"

"我家三小离家出走，到今已经四天了。昨天下来，在城里找了一遍。一条街一道巷地走，顺车站、宾馆、食堂、商店、市场去寻，沿公园、广场、闲散地圪转，哪有踪影，到处打听，毫无音讯。困了也不休息，渴了也不喝水，饿了也不想吃，就这样，四处寻找，却大失所望。"

"不用说你是凡人，就算有孙悟空的本事，也如同大海捞针。"

"你说我能怎样？"

说起三小，记忆如新。三小在家中孩子里

数他最小，排行第六。自幼活泼好动，尤其受亲大戏小习俗影响，把三小放纵的没上处上没下处下。到了七八岁惹人嫌之时，更是不知天高地厚，攀岩上树、踢毽打瓦、耍猫玩狗、捉迷格斗……机灵像猴子，猛如小老虎，不是擦伤腿，就是碰破手。那时自己是村里的赤脚医生，时不时给他包扎护理，久而久之，对三小产生了爱护之情。平时，见他缺衣少穿，到处"乞讨"鞋袜、衣帽，帮他替换取暖；见他少精没神，就从家里拿上玉面饼或粗红面疙瘩，让他填肚充饥，重振雄风。

三小见了关爱，姐姐长姐姐短，跟上走，围着转，有时，摘得一些山杏、鲜果、桃子，都会赶快送给关爱姐姐；即使在柴火堆里烧的几颗土豆，也要跑来递到关爱姐姐手里。

"大叔，你不要急，也不要愁，三小胆大心细会应变，是个可爱的好孩子，不会有事的。他敢见世面是大有作为的表现，你让他蹦跶蹦跶吧！如果找下生路，这是全家的福分；万一找不下做的，不用去寻，自己会回来的。"

"那我就听你的。实话对你说吧，这两天刚开春，地里已经动弹开啦，我也误不起呀！"

"你从小到大，城里没有来过一次，再急也不在这一天半后晌，休息一晚，明天再走。"

"说成啥也不啦，天还早，能回去。"

那年关爱在上初中，一次，路过村委大门，碰见大叔的儿子。

有人就说："这家父母是外地遭灾逃难来的，家境贫寒，日不敷口。这是大二儿，穿的总是衣不遮体。"至此，关爱对这家产生了恓惶的印象。

初去大叔家，不见家里有立柜、桌凳，净些瓷瓶瓦罐；不见好米好面，只有供应的高粱、玉米、薯干，还有碾米刮下的粗糠、野地采回来的菜叶；大人穿的是民政部门救济的衣服，小孩们衣服绝大部分是众人捐献的破裤烂衫。冬春冷得出不了门；夏秋，十来岁的男孩身上不挂一根丝，不是拖着拖拉板，就是两只赤脚片。

窑洞从来不扫也不刷洗，烟熏气打落泥皮，白天如同没日头。窗纸破了糊不起，门扇烂了也不理。窑掌有盘大土炕，不铺席子土皮皮。天冷家里做饭烧柴草，晚上，小孩嫌冷钻在炕洞里，浑身滚得土一块、黑一片，小孩都是大花脸。家里懒淡不清洗，一股一股恶水味。

尽管大叔家那么穷、那么脏，可关爱总觉得一家老小怪可怜，凡是大叔家的事，随叫随到从没误过。

一次，大婶得了重感冒，体温高到39℃，喘大气，眼不睁。医生开下一堆药，关爱不怕脏不嫌累，主动上门，输液护理整三天，病人大有好转。

春花得知母亲病重，心急如火，马上叫上儿子贵保直奔娘家看望，看见关爱守在母亲身边，激动得热泪盈眶愧不成声："你比女儿还要亲。"

关爱看见春花儿子长得可爱，问："他几岁啦?"

"十二岁。"

"比你小舅三小大两岁。"

家里待不住，舅舅外甥就出门玩去了。

大叔姓高，人性好又乐呵，地里劳动休息时，人们肯和他逗耍。

"老郝说，老高是咱村的名人。"

"一个村的人，常打交道，谁不认识谁，有名无名没关系。"

"可你与众不同。你的名声在前，他们靠后。我这样说，有根有据。具体给你说上几点，看你承认不承认：全村你最困难，贫困县，贫困公社，贫困村，贫困户，你家名列前茅，自从兴起救济，从未间断，不论是吃的还是花的，样样都有，从不落后。超生第一，三男三女，比上你的人家不多。"

"这不是功，而是过。提起这些，我心里内疚。贫穷吃救济，愧对国家，连累乡亲。超生，违反政策，实属不该。全像我，国家再富也负担不起，要想脱贫致富也成了空话。我不是好人哪。"

"贫困不只是咱这里，也不是万数八千，不能怪你一人。脱贫致富奔小康，人人有责，你不要悲观，应坚定信心，团结共进。"

"我知道，我有毛病。"

关爱接着说："我和你离得不远，从来也没听说过你有什么病，有病得快治，千万不能倒下。"

"我得的是综合征，医院查不清，别人看不出，自己很清楚，就是缺乏勤俭持家的本能。"

宝顺兴致勃勃为老高鼓劲："你现在从苦水里走出来了，特别是近几年变化很大。大儿种地又养蜂，三轮车常跑叮叮咚；二儿学校学得好，将来是个大学生；三小敢跑有作为，走南闯北是老板；大女走出穷山村，嫁到平川活得好，周方左近谁不夸；人说汝大十八变，二女三女是咱村的两朵花，不愁找不到好人家。老高呀，你的思想也得放开些，不要愁眉苦脸老是朝后想，应该两眼向前看变化，如今夫妻享清福，全靠恩人共产党。"

八月初八是堂兄嫁女之日，这天正是星期天。关爱一家乘女婿小车回了枣峁上，正遇上吃早饭，亲戚没有几家，孙子、外甥较多，总共四五十人。

高大叔听见关爱回去了，立即到事宴上寻找，请求关爱抽空到他家一趟。

不一会儿，关爱就去啦，大叔老两口和孩子们笑脸相迎，快让坐下。关爱一看阵容，笑着说："怎么不见大儿媳？"

大儿忙答道："这几天有点拉肚子，好赖止不住，浑身软得不想动，她没来。"

"平时来不来？"

三女说："来是来，三天两头走一回。"

"啊，春花也来啦。你那宝贝儿子上学了没有？"

"说起上学，比上天还难。"

"如今的娇生惯养，在学校吃不下苦，受不下罪，不管不行，管又不行，实在把他没办法。"

"我儿不是不肯学，主要是村小没学校。起初，外村上学不放心，逼得在村里找先生，前后两人教识字，先生不行弟子笨。办民校，老师一嫌村子穷，二说工资少，三天打鱼两天晒网，形同虚设没学成。贵保今年十二岁了，如此下去，恐怕耽搁了。"

"大家随便说吧，想说什么就说什么。"

大叔接着说："最近，家里有些事一直摆不平，孩子们都觉得不顺气，想让你疏通一下。"

"有什么心里话，顺气的不顺气的都说说。"

老大说："孝敬老人，特别是我妈，病了以后，请医生看病，买药买针、跑前跑后都是我的事，我觉得出力啦、尽心啦。"

大女儿也划派开啦："自我妈得病以来，差不多一月来一次，来时带的不是米就是面，熟的生的一大包，每回至少住两天，洗洗涮涮、缝缝补补、端茶递水，我觉得作为一个嫁出去的闺女，也伺候的够数啦。"

二儿女自豪地说："现在家里我做主，指手画脚说得多，三女成了实干家，一切功劳应归她。"

三女说："孩子里头最我小，我妈当我是块宝，做饭洗锅清整家，我比谁也干得多，孝敬父母数上我。"

二小两眼泪汪汪，在众人面前只说一句话："跑了学校不顾家，兄妹里边最我差。"

关爱笑了笑，说："儿媳妇能不能孝敬公婆，这是文明之家的重要标志。大儿媳虽没来，我也要嘱咐几句：希望她坚持来，多做实事，尊老爱幼。

"往后一段家务重点有两件事：一是关爱父母人人有责，二女马上要嫁，家务重担自然落在三女肩上；二是二小念书花费离不开大家帮。鞋大吃袜，袜大吃鞋。老大养蜂有收入，大闺女家底好有力量，二小的学杂费由你们两个共同负担。二女儿嫁后脱了身，每月给三女补上三五十元，日后，二小工作后，彼此的负担再调整。你们看这样行不行？"

大叔认为关爱的建议客观公正，只有全家人齐努力，才能共同渡过难关。

孩子们说："我们都听姐姐的话，孝敬老人，团结互助共同乐。"

盛夏六月，关爱女婿成明到泰安县调研。晚饭后，天气闷热，成明和一起下乡的小李上街，沿着林荫小道溜达，路过汽车站，看见一个小朋友吃力地提着一个水桶从小巷走来。

成明好奇地上前就问，"小朋友，你给谁家倒脏水？"

"给饭店。"

"看样子，年纪很小，你今年多大了？

"十六。"

"这么重，年龄小，你不再叫上一个人来抬着倒？"

"再没闲人。"

"不行，这要和老板说说。"

"叔叔。"

"你不要叫我叔叔，就叫我明明吧。你叫什么名字？知道了好交个朋友。"

"我还没起名字，人们叫我三小。"

"明明，我求你，不要和老板说。"

"为什么？"

"说了他会不高兴，还要打发我。"

"你饭店里再没熟人？"

"我刚来，没有。"

"你小小年纪，不去学校上学，就出来打工，你爹妈同意吗？这里的老板敢用吗？究竟你是怎么来的？你要给我讲真情、说实话，要不然，我就把你带走。"

"明明，你先等等，我回去请个假再来，行吗？"

"可以。"

不一会儿，三小真的来啦。

"咱们在哪里聊？"

成明手一指："去河畔林荫道旁靠椅上。"

"再好不过啦。我是宁远西山枣峁上人，家里人口七八个，天旱打不下粮，家寒上不起学，山村动弹又没有出息，我就背着父母跑出来了。"

"枣峁离这里几百里，你是怎么来的？"

"想办法。"

"有什么办法？你再说说。"

"家里走时，独自一人到县城。"

"你身上带钱不带？"

"想带点，又没钱。"

"那你没钱怎吃住？"

"到了城里又渴又饿又疲乏，看见街上卖的饼子、蛋汤，可是无钱买，等于镜子里的东西不充饥。还是街上乱游串，遇上机会讨的吃上点儿。突然看见脏乎乎的一个老汉在垃圾堆里捡破烂，我就问：'老大爷，你捡的这些干什么？'

"'能卖钱'。

"'到哪里卖？'

"'收购站。'

"'收购站离这儿远不远？'

"'不远，一直往西，拐个弯弯就是。'

"'大爷，打扰你了，再见！'

"我先去收购站，看看收什么，哪些最值钱。从站上出来，又继续刮达，看哪里的破烂最多。忍着饥饿，捡呀捡，一下午共卖了四回，一共卖得十一块。天快黑了，我问了几家私人店，最后花了三块店钱、两块饭钱，喝了稀饭，吃了炒擦擦，洗了一下就睡了。"

"三小，你不就在离家近的大县里刮达，怎么又到了这个小地方？"

"你也不说吧，是把我闪成这样。"

"谁闪你来？"

"是自己。住了店，第二天醒来，闭目在想，这里离家近，怕遇上熟人；捡破烂不卫生，又怕丢人，也学不下什么武艺。左思右想，重新开张，从店里出来，走出小巷，就碰见一辆拉货车正在爬坡，哼哼哼走得很慢，这车向东，看样子可能是到平川，我就灵机一动，三跷两步赶上去就趴、趴在车上。司机开得一阵快一阵慢，走了老一气，突然停下车来，司机上了厕所，我趁机下车走开。"

"又到哪里去？"

"上街找门路。一看，没有高楼大厦，商店窄小，游客不多，越转越塌气，悔恨自己孩子气，不该盲目到这里。奄奄息息不想走，顺便就瘫坐在车站台阶上，急得落了两点眼泪。闷闷不乐刚抬头，瞭见一个穿得很阔气、不高又不矮的中年人，大摇大摆走进车站饭店。这时，如同喝了清心剂，霎时醒悟过来，何不到饭店投老板打工？"

"你浑身脏乎乎地，不要说见老板，连饭店也不让进。"

"阔人头脚进，我就后脚跟。看见阔人进店没说话，进了后院房间里。见桌上坐位老人，我就打听了一下，刚才进去的那位是什么人。

"大爷说：'你问他干什么？'

"'有人让我找经理。'

"'他就是这里的贺经理。'

"'随即我就到后院，开门就叫贺经理。'

"'你找我有什么事，我怎么从来没见过你。'

"'我看见你们的饭店人手少，我想打工帮助你。'

"'不知道你是什么人，年龄又小，不要你。'

"'我是西山穷孩子，遭灾投亲到山里，姨姨家里人多生活苦，我就自谋生路到这里。'

"'那你今年有多大？'

"'我妈生我在腊月，今年刚到十八岁。'

"'假如我把你用下，你的生父母、姨父母上门不行怎处理？'

"'我家穷，姨家苦，你若今天用下我，他们要是知道了，不仅不怪你，还会点长香，叩响头，面对救命恩人，恭恭敬敬感谢你。'

"'我问你会做什么？'

"'穷人的孩子早当家。扫地、清洗把桌擦，做饭、收拾、洗衣服，样样活计都做过。'

"'你不嫌苦重嫌钱少？'

"'只要你不嫌弃留下我，管饭不给钱也情愿。'

"经理叫来邢管家：'这小孩叫三小，想给咱打零工，我答应先试试，做得不行就打发。先给他一套工作服，让他洗个澡，明天上班搞勤杂。'

"在我上班后的第三天下午，有一桌饭非常热闹，猜拳饮酒红火了足足两个小时，走时把两个醉酒后生搀扶着才离了饭店。清扫地板时，见墙角有个包，拿起看都没看，就顺手给了邢管家。管家打开一看，见有身份证和几张卡片，还有一叠票子，拉住拉链就放在抽屉里。"

"你捡起时有没有人看见？"

"有几个人还在桌上低头吃饭，邢管家不知看见了没有。"

"那你不悄悄拿起？"

"肯定包里有东西，拿起当然好，可是我不敢呀。第一，不是我的东西不能要。第二，万一失主找上门来，追查在我身上，本来是地板上捡的，人家说是偷的，拿走包不算，饭店要打发，公安要法办，落个坏名声。"

"我在试探你。你思想好、做得对，我很满意。你以后有什么要求尽管提。"

"我比你小，你经过的比我见过的多，请你多提醒我、帮助我。"

"你的经历不多，可实践的东西不少，这是你的长处，应该发扬光大，要全面要求，还缺一门。"

"是什么？"

"就是文化。你家寒，从小没上学，肚里空空，现在需要，就得赶快补上。再上学吧，顾不上，只能在工作中挤时间，抽空自学。可以拜有文化的为你的老师。只要坚持学，会有帮助，如果没文化，好像雄鹰缺了翅膀，飞不起，升不高，走不远。"

"其实我已经拜了邢管家为老师，边做边学边用。我刚来这儿就有了学习的想法，开始认真考虑该学点啥，想了几天也没法子，后来有一天突然就明白了：我身在饭店，学的、说的、用的都不能离开本行。于是我就找到邢管家对他说：'我看见你能说会道、能写会算，满肚文章，十分羡慕，你收我做徒弟吧！'邢管家也是个爽快人，一口就答应了。就这样，我才能在这里落了脚。"

成明听了三小的经历，越发觉得他是个可怜的孩子，看看时间已经不早了，就让他回饭店干活去了。

这件事困扰了成明好几天，他脑海里经常会浮现起三小瘦弱的身影、苦难的经历，想来想去，一时也没有更好的办法去帮助他。

调研完后，成明匆匆回了单位。几天的奔波劳碌加上紧张的工作，他渐渐把这事给忘了。

星期天，成明睡了个难得的懒觉。快十点时，一阵清脆的电话铃声把他吵醒了："成明，妈做了你们爱吃的猪肉大葱饺子，一会儿过来吃啊。"

"好的，妈，我们马上就来。"

成明放下电话，一骨碌起身，拉上向华和孩子，直奔关爱家。

一进门，关爱和姥姥正在包饺子，向民系着围裙在厨房里忙得团团转。

"爸，我来!"成明伸手就摘围裙。

"不用，不用，你给我打下手就行了。"

他们边聊边干，全家人在一起其乐融融。

成明摘完菜，放进水池里清洗，忽然就想起了三小："妈，我上次去泰安调研，认识了一个你们枣峁上的小孩，太可怜了。"

"是吗? 说来听听。"关爱应道。

"那小孩十六七岁了，在饭店打工，瘦瘦小小却机灵能干，他说他叫三小。"

"你说啥? 成明，他叫啥?"关爱放下饺子，跑进厨房里来。

"叫三小啊。"

"是吗? 这可真是件大喜事! 成明，一会吃完饭你带妈回一趟枣峁，三小他爹都找他快两年了。"

吃完饭，成明拉着关爱来到高大叔家，把这个好消息告诉了他。大叔一听，激动地握住成明的手，不知说什么好。关爱说："大叔，让成明给三小打个电话，把他叫回来吧。"

"好好好……"

"三小，你的电话。"邢管家电话递给他。

"我不会接，是哪位贵人打的?"

"拿起电话听筒，一头按住耳朵，一头口对话孔，然后互相说话。"

"喂，你是谁?"

"三小。你是谁? 去年在你饭店认识的明明。"

"想死我啦。现在和你说话，有说不出的高兴。"

"你自从离家到如今，快两年了，你回过家来没有?"

"没有。"

"现在你妈身体有病，时不时叫你名字，老想见你。"

"是我害了我妈。如果准假，我马上回去。"

三天后，三小风尘仆仆赶了回来。一进家门，他就喊："妈，我回来啦。"

"快过来我瞅瞅，三小，是我的三小。"妈妈泪流满面，抱着三小，"妈以为这辈子也见不上你了。"

"这不是见上了吗?"

"比以前长高啦、长胖啦。三汝，你给三小做的吃点饭。"

"妈，给你买的一包糖果，你尝尝。"

"还是我儿孝顺。"

"妈，我爹哩?"

"他呀，上地去啦。"

西边的太阳已经落山，地里上工的人们陆续回村进家。三小早就在大门口等上了。

他爹离老远就看见大门上像三小，以为是幻觉，揉了一下眼近前看，真的是三小。

"爹，你回来了。"

"你也回来了。"话虽简短，三小分明看见爹的脸上掠过一丝笑意。

吃了晚饭，父母、大哥、三姐坐在一起，等的要听三小流浪记。

三小说："我初上路，感到害怕，路过村子怕狗咬，走在山沟里见不上行人，怕碰上狼。到了城里，怕黑皮小子打；晚上住店怕人家嫌我脏，不踏实；又怕碰上熟人不让我走。偷的趴上车时，怕司机发觉，不是打个半死，就是丢在山上让饿狼吃了，要不当小偷扭送公安治罪。去了泰安，想去饭店打工，怕老板不要；不熟悉，又怕人们小看。后来总担心做不好，担心老板打发，学不下武艺，无法生活，别人还要笑话。

"自从在饭店落了脚，每天在学菜谱，看炒菜，悟出了一些秘诀，对咸辣甜鲜香有所研究，尝试炒出的菜，老板、职工、顾客都满意。"

听完后，爸爸的感觉是三小先苦后甜，妈妈忧中见喜。

大哥说："三小，真佩服你，要是我出去，不用说从黑暗看到光明，恐怕连道路、门槛也找不到。"

茂盛老伴去世，事宴快开也寻不下个做饭的，急得跑来问老高："听说三小在外学了一手好厨艺，要是孩子肯帮忙，让他立马过来。"

"我赶快回去问问。"

三小满口答应，出门就走。

大伯看见去了，高兴得不知说啥是好。

三小说："事不宜迟，赶紧摊派一下事宴的吃法。"

大伯想在正事宴晚饭，每人多上一根鸡腿。

三小说："这样做好是好，就是抛撒太大，按计划准备是多余的，到时却不够了。准备得多，浪费不小，不好掌握，不如上一只整鸡，切成小块。"

"还是三小想得周全，就这样办吧。"

事宴摊开了，三小嘴上没说，心里却有点害怕。

虽事宴只有一百二三十人，不算大，可初出茅庐，没有实践，底虚得很，万一搞砸了，丢人现眼难对众人。

话又说回来，过去村里的事宴赶过不少，不就是那么回事？现在做不好估计也跌不了底。

以前事宴上的汤水黑铁烂糊不可口，问题在哪里？分析起来，有两个原因：一是入锅材料洗得不干净，如粉条，异味很大，整体搭配不合理；二是用料下锅很重，咸出苦味来，油得发腻。三小这回要力求做到看上去鲜、吃起来香。

事宴上，菜主要有两样：一是烩菜，二是炒菜，无论哪种，尽量不上现成酱油，用白糖垢酱代替；需要花椒大料，放泡汤比调料面更好；蔬菜，如白菜、西葫芦、豆角洗净要用开水焯；炒菜讲究红、白、青、黑搭配合理，彼此适宜，鲜嫩清淡喷香。

过后，人们对事宴没啥议论，说起吃饭却反响很大。

大部分说这个事宴做得不错。

旁边有人反驳说："班半响器，没有猴头燕窝，你说不错在哪里？"

有个老年人说："这里山村小舍，又是穷苦人家，做到这步田地，确实很好了。"

还有几个老年妇女，早晚两顿饭都吃了说是"咸中有淡，淡中有油，色泽鲜嫩，可口美味，这在山村农舍来说，可以说绝无仅有"。

要说汤水与众不同，来的人还是心服口服。

跟前有个年轻人说："要问师傅是谁？我告诉你们：就是本村高家子弟名叫三小。没有经过名师培训，只在饭店打工时学到一些，初出师就一鸣惊人。"

三小他妈自从三小回来，身体一天比一天好转。今天又听见事宴上做的饭好多人夸，高兴得一下子从被窝里爬起来，像久病痊愈，有说有笑，这真是"人逢喜事精神爽"。

日复一日，三小回来快两个月了，他告别家人，要回去上班。

到了城里，首先想到的是见一下成明。

"明哥，我是三小，刚来城里，在城中广场。"

"你等等，一会儿就到。"

"三小，出俏的不敢认了。你准备去哪里?"

"一时不知所向，再去饭店。"

"我大学时的同学王德平是新星中学校长，他说学生灶上短个做饭的，如情愿，你就去。"

"哪有不去之理，不放心的是，饭店不去打招呼，人家会说不是?"

"这些你不要操心，有我为你收风。"

"对你我该怎么感谢?"

"你要干一行爱一行、钻一行红一行，这就是最好的回报。走，咱现在就去。"

"用不用先打个招呼?"

"老同学，熟不讲理。他整天忙于事业，坚守岗位，常在。"

"看我这个样子，不整修整修就去，不太礼貌。"

"放心走吧，一会儿就到。"

远望，校门高大，校园整洁，去这儿当一名工人也很光荣。

"老同学，我给你带来一位新兵，到学生灶做饭，你看中意不中意?"

"哪里话，你相准的，我还有什么挑剔? 快到办公室，坐。"

"工作多多，不打搅你啦。"

"吃了午饭，休息一下再走。"

"情意领下，你把这个高三小收下，安排好就行了。"

新星中学共有六个班，三百多学生，全部上灶，一日三餐，双休两顿。

灶房事务长、保管、厨师、勤杂共十人。食堂制自助餐。

上班一周，三小觉得人员分工协作还能应付场面。后来发现，学生食欲不振，灶房剩饭不少。思来想去，到底毛病在哪里呢？

没几天，学校召开部分学生家长会，不少人反映，孩子们吃不行学校灶上的饭。

校长抓住这个问题，立即召开炊事人员会议，共商改进大计。

师傅们分析，有的认为，现在的生活水平高啦，学生们觉得学校的灶上的饭标准低，吃不行。

有的说："咱不是学生肚里的蛔虫，不知爱吃啥、吃多少？"

有的说："份饭好做，食堂难办。"

也有的说："根据学生生活水平，办成小饭馆和大餐厅。"

其他人有说服务不到位，有说卫生跟不上，也有说汤水不过硬。

"三小，你在饭店干过，对膳食有所研究，学校生活又体验了一周，说说你的看法？"

"开饭中间，我留意过学生的饮食，买得本来不多，吃不了几口就倒啦。再看灶上，做下饭卖不出去，免不了参搅，这样饭的质量就大大下降。"

王校长中肯地说："大家的发言很实在，说出了自己的知心话。现在存在的主要问题基本抓住了，这仅仅完成了会议任务的一半，更重要的是怎么解决，如何改进，大家还得想些办法。怎么想怎么说，出谋划策，集思广益。"

炊事班长说："剩菜剩饭难免，新旧掺和影响口感，白白地倒了又是浪费。我想咱们养上几头猪，第一消化剩饭，第二改善生活。"

俊莲接上说："有些鲜菜、汤料一下用不了，又没个合适放处，不如买个冰柜，既卫生又保鲜，一举两得。"

三小说："最近我在村里一家白事宴上做了几天饭，针对以往事宴的烩、炒菜看起来不鲜、吃起来不香的毛病，大胆地进行了改革，收到意想不到的效果，吃了的感到不错。"

"时间不早啦，可能还有的同志要说，会后任班长收集起来，不断改进。从明天起，任命高三小为灶房顾问，协助班长工作，九牛爬坡，个个出力，共同开创学校食堂新局面。"

学生灶整改以来，大有起色，明显的变化是吃饭人数增加、所剩饭菜减少、学校领导的满意度越来越高。

大约有半个来月，校长突然把事务长叫去，人们捏了一把冷汗，以为出了什么事。

一会儿，事务长回来了，顺便把大小灶的做饭师傅召集一起，传达了校长的指示，说明欢迎王副校长来学校上任的意图，动员大家全力以赴，根据各自的技术特点，采用自愿与分配相结合的办法，四汤、四凉盘由小灶承揽，下余八个热菜归大灶完成，每人自选两个，三小全面把关，亲自掌勺炒菜。

大家忙活的结果取得了满意效果。

不久，三小担任了大小灶总领班兼技术顾问，狠抓"民以食为天，吃饭第一"，效益日益显现出来。

十月的一天，关爱与母亲在会上碰见春花夫妇，正开着三轮卖葱。

关爱妈说："天旱雨淋山，今年你们东山是好年景。"

春花笑着说："别的啥也好，就是村子小。我家有吃又有穿，一年上个新台阶。儿子贵保在大沟煤矿当电工，去年五一成了家，儿媳是民办教师；孩子他爸现在是村委主任。"

"听说你们村搞得很好，村风正，人勤快，芝麻开花节节高。"

春花拉住婶子的手，再三说："你和关爱到俺村，看看庭院新气象，享受东山好风光。"

关爱妈就搭话："好好好，一定去。现在你俩到我家，进家歇一歇，饱饱肚子拉拉话。"

"你们看，这会儿生意好，忙得走不开。情意我收下，以后有机会，肯定到你家。"

临走时，春花抓起两把葱，塞在关爱手里风趣地说："这是山里葱，长得格外香，如若不信，亲口尝一尝。"

次年春天，三小的二哥师范即将毕业，实习在当地，一时找不下学校，三小不得不请成明联系。

成明说："学生实习年年都有，你不要愁，我马上给你联系。"最后给落实到城北四小。

二哥实习，给三小提供了一个自学深造的机会。不仅继续深钻膳食理论，二哥还从加减乘除入手，给三小补上了数学这门课。

就在这一年九月，三小的母亲下世了。刚过了三周年，父亲也离开人世。连埋带葬，随之而来的是遗产处理。有子女平时孝敬给父母的钱，也有自己省吃俭用积攒的钱，加起来也不到一万元，另有一孔接口窑洞，就是这些，兄弟三个争得一直分不开。

老大认为自己是长子，赡养父母较多，应该拿重头。

老二惭愧地讲，孝敬老人自己最差，分多分少无所谓。

老三觉得，这是祖产，应该人人有份。

听起来，说得都比唱得好，究竟怎分合理，这时难住了老大。

老大认为软布袋难抱，没有中介既站不住脚又解决不了问题。于是，决定再找关爱。

关爱还有妈妈听了老大诉说，都有同感：遗产不多，却要把子女间的利益碰撞真正摆平并非易事。

关爱说，嫁出去的闺女泼出去的水，早就成了外人，话说得再好，恐怕谁也不听。可又一想，既然找上门来，推辞总不太好，那就硬着头皮试试吧。

学校假期，是子女们聚会的大好时机。关爱以住娘家的身份回了村里，取得村支书、村主任支持，建议召集三小父母生前友好代

表一起，首先对其父母居住的窑洞进行了评估作价，接着又确定了子女间对遗产的分配比例。

经过千锤捣锣一锤定音的充分准备，便集中子女见面，澄清了所有遗产底子，公开了处理方法，尔后征求他们意见。都觉得可行，便叫来大队会计，当场书写契约，人手一分，压指印生效，共同遵守维护。

"关爱，好像门铃响，看是谁?"

"啊，以为是楼下张阿姨，想不到来了高三小。"

"怎么有空来?"

"无事不登三宝殿。"

"什么事，你快说。"

"近来，学校事务长给我介绍对象，初次经过，不知怎么应对?过来想让你们指点指点。"

关爱妈问："家里人知道了没有?"

"没有。"

"婚姻问题是你的终身大事，不告家人，直接与我们商议，有点不妥!"

"婶子，你说得很对，可是我家有点特殊，自从父母下世，家里成了一盘散沙，大哥不做主，大姐顾了己，其他人不揽事，你说再靠谁? 婶子、大姐就是我的主心骨，你们办事，我们放心，谁也不会有意见。"

"介绍的茌茌怎么样?"

"我觉得人家比我强十倍,她叫张翠珍,现年二十三岁,本校大灶炊事员。哥哥张荣珍,嫂嫂秦玉梅,夫妇有工作。父亲张金柱是学校的管道工。母亲孙巧俊,家庭妇女常住城。"

"的确这是好人家,打上灯笼也难寻!"

"听说丈母既难说又把家,外号人称家中王。女儿要是像了娘,一辈子磕碰受恓惶。"

"我认为,强人才能撑起家,保不住凭上丈母还能享荣华。"

"还担心家底空、工资低、婚后负担重,少本没事养不起家。"

"婶子给你说实话,人家不嫌你不要怕,待好丈母就有办法。"

这段时间三小里外忙,学校要做饭,外面要租房。

"三小,啥时候订婚?"

三小说:"本月初九,到时,还请婶子、大姐来帮忙。"

接住就回话:"你家哥姐五六个,我们再去算个啥?"

三小说:"家里虽人多,实际办不成事。婶子出面好支应,姐姐操办我放心。"

"妈,三小明天就订婚,咱去不去?"

"他让咱去咱就去,不识抬举会失礼。"

学校餐厅很宽敞,能坐十三四人的大圆桌显得还没荷叶大。宾主欢聚在一起,红火热闹唱颂歌。

关爱妈说:"从前是邻家,如今成亲家,情上情,家连家,乐得大家笑哈哈!"

此时关爱情更浓,当场迎联大庆贺: "你喜他喜喜上喜,亲情人情情中情,横批是家旺情深。"

不说不知道,三小的丈母娘就住在关爱的对门,刚订完婚回家,就又和媳妇吵起:

"早晨,孩醒来,妈应该服侍,哭得实在心疼。"

"小孩晚上不好好睡,不知照应了几次,折腾的人似睡非睡老要失眠,临明家才睡着。"

"经由小孩就得辛苦,孩子尿呀屙呀要常检点,屙下立即处理,千万不能糊了被子、床单。"

"我也不知干些啥,老是遮前顾不了后。"

"我是提醒你,一次不小心,二次就要注意,三次五次就品见了。"

"你一唠叨,我就糊涂了,有点不知所向。"

儿子荣珍祈告妈: "你不能少说几句?谁也想好,就是好不起来,唠叨有何用!"

"我不说了,怨我多嘴。"

有一天,荣珍和她妈去了姨姨家,小宝睡了,儿媳玉梅孤闷得不行,过来和老人家坐一会儿,正好关爱也在家。关爱妈说: "有了小宝逗着玩,真快活,不觉一天就过去了!"

"我们家不像你说的那样,经常叽叽喳喳,很不安宁。"

"婆媳之间，高也说，低也讲，长说也行，短议也可，磕碰难免，亲情长存。"

"唠叨的都是些鸡毛蒜皮，正经东西没有四两，可就是你一言我一语连续不断。我说：'人都不是生而知之。生小孩是第一次，一切事情不知怎么处理，不像你事事精通。'婆又唠叨：'生下小孩已过百天，躺在床上不嫌乏困，下地走一走，活动活动，墩墩地板，擦擦桌凳，这些事自己能办，老要叫荣珍去做，不嫌臊？'"

关爱妈说："婆婆会说，你会搭理，一来二去，好像唱戏。"

"你们不知他的出在？说出来就能晓得她是个什么东西？我和荣珍婚后，听不少人说，她到处敞扬我的不是，什么嘴大两腿拐，实在看不里眼；再说娘老则，财迷不活人……"

关爱说："荣珍妈的心情咱也猜见，在初恋时总想让儿挑个称心如意的美女，一旦成婚，闲理淡话就烟消云散。"

"我心里想再说我不好也枉然，荣珍不嫌，急死也活该！"

"过去的事已经过去了。只要荣珍爱上你，你就再也不要计较那些是与非？"

"我再给你们说说她的处交为人。今正月，我爸我妈来看小宝，里的门相遇，婆只淡淡地说了一声'亲家来了'，之后，虚拈虚督应酬了一下，闲里淡话说了几句，就扬长而去。给她家拿的礼品，凑我们的火灶吃了一顿饭，就算答谢了，一点人情味也没有。"

"你的婆我也熟悉，性情古板，说话直率，对她的亲生父母也是阴不阴阳不阳，齐头齐脑，实际上对人也很实在。"

"还有很多，我不想说了，总之，我对她没有一点好感。怕小宝醒来，我得回去。"

闲下，荣珍想婆媳不和很难和合，让媳妇服低下，不可能；叫妈省事一些，有点降低威望，这同一山不容二虎一样。我要劝我妈离开，不要再别扭下去了。

"妈，这段机关事不多，歇空不少，孩子有我和玉梅照应，你就不用来了。"

"不用照孩，还可以做饭。"

玉梅说："你做下的饭，她也不吃。"

"妈，我们的事你就不要操心了，需用时再告诉你。"

妈走后，爸又来了。条件是只照小孩，其余不管，儿媳也情愿。

婆婆前脚走，公公后脚来，精明人以为是轮流值班，见怪不怪；明眼人觉得这里大有文章。

究竟是怎回事？邻居宋大娘认为这里的奥妙只有内情人明白。星期天，宋大娘去公园散步，见荣珍在那里扭秧歌，休息下来，把荣珍叫到一边，问了一下。

荣珍连忙回答："这是婆媳不和造成的。"

荣珍妈自从不抱孙子失业回家，闷闷不乐，成天在家睡觉。

院邻以为她病了，上门照应。

"孩家他妈，有病去医院看病，不能老在家里受罪。"

"我得的不是病，医生治不了。"

"奶奶不照爷爷照不是一样亲吗?"

"亏你还是个有见识的，儿媳不怕再怎么调教，孩子大了依然是你的孙孙。想开点，不要气，振作起来，照样潇洒。"

于是荣珍妈心里琢磨，孩子今年一岁多了，正遇春暖花开，不信爷孙俩在家能待得住，我要在门外死守硬等。

终于不出所料。一天，爷孙俩走出家门向公园走去，我随即紧跟，瞭见荣珍爸碰上老相识贺荣华，边走边说，见我去了，立即停下来坐在路边的靠凳上。

"老嫂子，怎么把老张标得这样紧，看来醋瘾越来越大了?"

"说什么醋瘾，我从来不爱吃醋。"

"你没有听人说过:爷爷拖上孙子串，各有各的小打算。孙子为了吃锄片（饼子），爷爷谋的揩炒面。"

"没听过。"

"今天的场面，难道你不恨吗?"

三小结婚那天，关爱成了红人。三小让当总管，邻家聘为参谋。幸亏相距不到一里地，不然怎么也忙不过来。

清晨起来，见玉梅闷闷不乐，关爱觉得很不正常，迈步到了玉梅家。

关爱问:"玉梅，见你愁云密布，是昨晚没睡好，还是心情不舒畅?"

玉梅连忙回话："你不问，老觉得心里烦。"

"到底怎么啦?"

"实话实说，平时在孩子问题上，婆婆嫌我不护理，有时怨我睡懒觉，还恨我懒得不干活。这些一点也不体贴，惹得人对婆有反感，甚至从家逼走她。更使人不顺心的是，前年买车不帮凑。公公说：'月月领工资，身上不装钱，不知票子去哪里。'婆婆讲：'村里种地多辛苦，跌倒拾不得一分钱。再说城里生活开支大，入不敷出两手空。'可是轮上女婿三小集资房，钱不够，一下给了三万元。一棵树开出两样花，你说欺人不欺人。今天趁二老嫁女摆阔气，给个难看出出气。"

"公婆办事不公平，婆婆不会体谅人，有些怨气能理解。可是比起今天办喜宴来说，毕竟是件小事，可忍可让，千万不能因小失大，铸成大错。玉梅，你是个明白人，看在我的情分上，不要和她们一般见识，转怒为乐，焕发容颜，欢喜过好这一天。"

玉梅顿时擦干眼泪，叫了关爱一声："大姐，我知道该怎么做，请你放心，绝不辜负诸位亲友的厚望。"

婚后不到一年，凤珍的肚子就大了。产前，三小就把大姐春花接到家里照应。孩子出生时，又把关爱叫到身边服侍。交过夜，凤珍肚疼一阵比一阵厉害，妇产科主任亲自上手，助理紧跟，直忙到黎明时分，产房突然传出哇哇哇的哭声，一个胖乎乎的婴儿出世了。凤珍高兴得不知如何是好。

　　三小成了家，是喜事，春花却愁眉苦脸：儿媳不幸因病离世，儿子几年成不了家，孙女一直没有妈，每逢想到这，禁不住两眼泪汪汪，心里一再想：对象过手了好几个，泡汤都因"穷山庄"。正好贵保今天在家，母子俩就唠上了："贵保，这段思谋心开朗，觉得想娶媳妇并不难，扬长避短离山庄。"

　　"啥叫长，啥叫短，什么又是离山庄，我怎么好赖听不懂，能不能说得具体些。"

　　"你想过没有，前些年找对象，人家看下你的是什么？"

　　"好人样，有工作。"

　　"妈认为，还有咱的这个家：你爸是村干部，你妈内外有几下，女儿长大一枝花。这些都是'长'，是'长'就要大宣扬。"

　　"那看不里眼的又是啥？"

　　"穷山庄，没发展，妈说这就是'短'。现在咱准备到县城，实际上也是离山庄。只要结过婚，原来是'短'现变'长'，到那时，城里家，山上家，各是各的好风光。"

　　"墙上画马，有何用？"

　　"城里环境好，攀上你姨家，好处少不了。"

　　"妈，你真行，咱什么时候去？"

　　"越早越好，明天就出发。"

　　次日，天还不大亮，春花就醒来了。起床生火，温着吃了一些剩饭，嘱咐老公照应好孙女，又将芝麻、豇豆、绿豆、萝卜、土豆结结实实提了两包，走到煤矿，同贵保一道搭了辆拉煤车，晃晃悠悠到了县城，先找上三小，随即一起去了关爱家。

关爱正在家擦地板，听见楼内叮叮咚咚嘈杂声，还没分清做啥，就传来咚咚咚的敲门声。

关爱开门一看，全是些熟人。

"妈，你看谁来啦。"

"这是春花吧，咱村的姑娘，嫁在山塌，三小的大姐。这个记不清叫什么?"

春花赶紧说："婶子，他是我儿，叫贵保。"

"快坐下，喝点水，咱慢慢聊。"

春花刚坐下，还没开口就眼泪似泉涌，泣不成声。

"不要哭，也不要急，说说心里话，看看有啥事，我们能不能帮上忙。"

春花这才慢慢地把大概意思说了一遍。

关爱妈边听边想开了腔："贵保不到四十，孙女刚满八岁，人生道路还很长，赶快抓紧再找个，及早成全这个家。且城这么大，人又这么多，只要勤打听，不信找不下一枝花。"

关爱越听越心急，也对贵保劝几句："从山上到县城，言行举止要谨慎，虽说山里娃，要不亚城里人，感动知己女，招来心上人。"

"婶子、妹子，不瞒你们说，为了儿子的婚事，我可以说办法想尽力出尽，万般无奈，才给你们添忙。"

"春花，你不要多心，你的事也是我们的事，只有共同努力，好事才能办得更好。"

三小站起来说："婶子，姐姐，说实话，凭我们自己怕误事，还请你们多多出力，这事才有指望。"

隔了些天，关爱早上去了医院，到茶炉打水，茶炉工老李叫住关爱："有件事想求你帮个忙。"

"什么事，尽管说。"

"是这样的，和我家一道街有个邻居叫秀花，和我老婆关系不错。去年，丈夫同她离婚，有六岁的一个小女孩相依为命，秀花每日以泪洗面，求我们老两口给她找个人家，救救母女二人。我们一想这是做好事嘛，就四处打听，结果毫无收获。今天我看见你，觉得你眼目宽溜、朋友遍地，这些事上比我们强十倍。"

关爱简单打听了一下，秀花是东湾人，年轻时在离村不远处的一个水泥厂当过工人。当时，在她车间有个青年男子叫呈祥，是城里人，精明能干，很有魄力。他们常在一块工作，时间长了，彼此间的感情上升到爱情。时不久，两情相悦结为夫妇，不到一年就生下一女叫红梅。

呈祥有一个姐姐、两个妹妹，他是老二，母亲忙得照应不过来，把个秀花耗在家里不能上工。呈祥没办法，就门前开了个杂货摊，让秀花一边料理家务、看护孩子，一边经营摊子，赚点零花钱，希望和睦之家幸福美满。

结果呈祥趁秀花不在厂，与另一个女工勾搭上了，从眉来眼去，直到如胶似漆，慢慢地，呈祥回家少了，放的钱也不多。妻子发现呈祥的形迹可疑，便问："怎么和以前不一样？是不是跟上鬼啦？"

"人不说，你不知，这几年厂里生产不正常，今开会，明整顿，把得人不自由，还发不了全月工资。"

"不用说啦，只要你没事，人就放心啦。"

再后来，呈祥就完全不顾家了，秀花就和他吵架。

呈祥说："摆摊做买卖不是为了好看，而是为了赚钱过日月。即使赚不回钱来，难道你们就不活了吗？"

老李老伴在一旁打劝秀花："呈祥也说得在理，你可能听人说过，这几年普遍反映赚钱难。这是暂时的，骗人、偷人、抢人不能做，唯一的办法就是勤劳致富，才能渡过难关。"

呈祥对秀花日渐冷淡，还脾气暴躁，激起了秀花的火气。秀花借故回了娘家。后来到了厂里一打探，才真相大白。秀花要起来闹，被两个老师傅劝住了：

"试想，起来一闹，涉及的都是熟人，败坏名声，对谁也不好。不如我们为你收风，既让他和你重归于好，又不失众人体面。"

"红梅今年四岁了，该上幼儿园，光学杂费就得千二三。"

呈祥说："厂里两个月不发工资，如今连一分也拿不出来。秀花你想点办法，转借的给了，发下工资来就还。"

秀花气愤地唠叨："人家一看咱这个捣塌样，谁肯借给?"

"借不下，把咱的杂货廉价处理了。"

"即使全卖了也不值几个钱，况且就那么一点摊账，踢腾了，再不活啦!"

两口子正在争执中间，老李老伴又去了。"我家也没钱，可是为了孩子上学，也愿挤剥一点。平时积攒的有百十来元，再让老头子添上二百，都拿去用。再多了，我们也支不上。"

"一文钱逼倒英雄汉，实在抓借不下，让孩子迟上上一年半载。"

世上没有不漏的尘土，呈祥拈花惹草、胡作非为终成恶果。

一天，情人找呈祥说："现在身怀有孕，你说怎么办?"

"那好说，去医院刮了就行。"

"你的种，我的肉，宝宝再小也是一条命，我不敢杀人灭口当罪人。"

"不这样做，丢人现眼的还是你!"

"何必咧，咱俩一结婚，满天的乌云不是散了吗?"

"你说得倒轻巧，现在的夫人该怎么办?"

"我不管，反正我要把肚里的孩子往你炕上生。"

"这不是要我的命吗?"

"要知现在，何必当初?"

"你说吧，给你多少钱，你把孩子偷偷地处理掉?"

"不要痴心妄想，说成啥也不答应。"

"既然咱们恩爱了一场，你也总得替人想想。"

"早就想好啦，先把原配打发了，让我光明正大上花轿。"

"你不要追，也不要逼，如何摆平这件事，要比你的心还急。"

正在难为之时，答应劝解的那两个工人来啦。

呈祥心知肚明，"呼"地上前就说："欢迎你们到来，感谢你们好意。说也晚啦，明天就回去，和妻子商量对策，挽回不良影响。

回到家里，呈祥把在厂的丑事原原本本地说出。

秀花一听，感到有点害怕。

"你说怎么办？"

"你有本事享受，也有能力纳盖。"

"说逃走吧，躲过初一躲不过十五；说寻死吧，你的罪过也洗不清，划来划去，唯一的出路就是离婚。"

"不离不离就不离。生是你的人，死是你的鬼。快快收起你的歪主意吧。"

"现在是没办法的办法，现在给你磕下，求你学好行善，网开一面，痛痛快快离了婚，人情、财产绝不亏待你。"

秀花哭成泪人，成总甩开不朝理。

"你有什么要求，说出来解决。"

"不会说，反正母女二人无法活。"

"一旦离了婚，孩子我供抚养费，每月二百元，你把杂货摊拿得去，一切收入归了你。找不下婆家暂时住在我家里。"

"孩子上学你穷得拿不出一分钱，供孩子的抚养费不是吹牛皮？"

"从离婚之日起，二十年给不了抚养费，就把这孔窑洞的产权给闺女。"

秀花想，一提离婚，心里如同刀子犁，如不服低下，吃苦的还是我母女，罢，罢，罢，识时务者为俊杰，趁早离异各东西。

事后，人们得知离婚事，觉得有点太蹊跷。父母不知，长辈不晓，两人心平气和地就把离婚之事办了，这叫分居，哪里像离婚。

"从离婚看，这女人脑子好、有主见、会办事，是个好茬茬。赶快通达贵保，让双方见面。"

相罢亲快两个月了，至今好赖没有结果。见到贵保，说还在谈，碰上秀花问，还没定下来。

一天早上，贵保上门来啦。

关爱不等贵保开口，就问："如今谈成啥啦？怎么这么长时间还没音讯？"

贵保说："现在是秀花强调孩子成才，不愿离县城。我认为太偏激，主张两全其美。"

"看来还是各吹各的号、各唱各的调，没有谈在一根弦上。可秀花的想法值得考虑。如果成了一家，没有一个共同奋斗目标，必将导致她吃鸡蛋、你喝烧酒的混乱局面，到头来，肯定竹篮打水一场空！"

"回去重新摊牌，求大同存小异，相互靠近成一家。"

时不久，茶炉工老李还有秀花约关爱到广场。

老李喜滋滋地说："关爱啊关爱，知名知人，秀花的婚事，经你撮合，梦想成真。她俩满意，我的老伴也高兴。但愿她们真情相待。"

秀花喜笑颜开："这段和贵保的婚事越谈越靠谱、越恋越情深，我觉得与阿姨的努力是分不开的。婚后，让姐妹二人都在城里上学，我唱主调家庭和。"

"看来万事俱备，只等婚庆啦。日期定了没有？"

"十一国庆节。"

这天贵保上上下下、里里外外被一伙年轻人打扮一新，胸前戴了一朵大红花，乘辆小车，一溜烟直奔县城，欢欢喜喜把新娘秀花迎回山塕。

村中，乐曲悠扬，鞭炮轰鸣，人声欢庆。村委、煤矿代表前来。贵保女儿在新娘面前磕头叫妈，秀花满口答应，亲了一下孩子并给了一个大红包。场上顿时掌声又起，经久不息。

回门那天，双方子女相聚，互认姐妹，同向再生父母磕头，双双一起合影，乐曲声、掌声、欢呼声齐起，共庆全家大团圆。

# 后记

QINGYUAN

退休在家，闲下无事，心想搞点文学创作，却学识匮乏、不懂艺术，未曾沾边，有点异想天开。

起草《情缘》，夜以继日，耕耘不止，天天探索，字字艰辛。展望字山文海，满是喜怒哀乐，语言粗糙，情节简单，缺乏感染力，虽是出手没把握，但又放弃太可惜。

先生引进门，深造在个人。遵循这一古训，先后请张青青、马顺平等诸位老师指导批改，自我推敲加工，前后四年，几经周折，这部长篇小说《情缘》终于成型问世。

值此，谨向助我成长的老师们致礼感谢，向为书操劳的孩子们祝福问好！

作者

二〇一八年八月

**图书在版编目（CIP）数据**

情缘 / 武定金著 . —太原：山西人民出版社，
2018.10
ISBN 978–7–203–10529–9

Ⅰ . ①情… Ⅱ . ①武… Ⅲ . ①长篇小说 – 中国 – 当代
Ⅳ . ① I247.5

中国版本图书馆 CIP 数据核字（2018）第 201971 号

**情缘**

著　　者：武定金
责任编辑：高　雷
复　　审：武　静
终　　审：秦继华
───────────────────────────
出 版 者：山西出版传媒集团·山西人民出版社
地　　址：太原市建设南路 21 号
邮　　编：030012
发行营销：0351 – 4922220　4955996　4956039　4922127（传真）
天猫官网：http://sxrmcbs.tmall.com　电话：0351 – 4922159
E — mail：sxskcb@163.com　发行部
　　　　　sxskcb@126.com　总编室
网　　址：www.sxskcb.com
───────────────────────────
经 销 者：山西出版传媒集团·山西人民出版社
承 印 者：山西出版传媒集团·山西新华印业有限公司
───────────────────────────
开　　本：720mm×1020mm　　1/16
印　　张：14.75
字　　数：160 千字
印　　数：1—1500 册
版　　次：2018 年 10 月　第 1 版
印　　次：2018 年 10 月　第 1 次印刷
书　　号：ISBN 978–7–203–10529–9
定　　价：39.80 元
───────────────────────────
**如有印装质量问题请与本社联系调换**